奇諾の旅 XIX

—the Beautiful World—

時雨沢 惠一
KEIICHI SIGSAWA

插畫●黑星紅白
ILLUSTRATION KOUHAKU KUROBOSHI

Kadokawa Fantastic Novels

「只不過，人類最可怕的，就是有『無論發生什麼事都能適應』的才能。如此一來，就能彷彿什麼事都沒發生似地度過。」

「雖然沒有主詞跟受詞。主詞是幸福，受詞是人類嗎？或者主詞是人類，受詞是幸福？」

「或許可以認為兩者是一樣的。」

「喔，是嗎？」

「老是說『自己很不幸』的人，就會變得無法察覺到幸福。這是很不幸的事情呢。」

「這算正確的自我認知嗎？或者不算？」

「或許可以認為兩者是一樣的。」

「喔，是嗎？那麼，既然奇諾姑且也是人類——」

「姑且？」

「換個說詞，就當作奇諾是人類——」

「當作？算了，你繼續說。」

「當幸福陸陸續續到來，請敘述一個妳剛剛捕捉到的幸福。答出來有十分。」

「是在考我嗎？很簡單。」

「哦？答案是什麼？」

「像這樣，跟漢密斯聊一些無傷大雅的話題，就是我的幸福之一。」

如果為了進入這個國家必須這麼做，那也沒辦法。當我

嚴肅地讓西茲少爺幫我戴上項圈時——

「…………」

蒂露出感覺很稀奇的表情。

不太有什麼表情，或者該說是幾乎沒有表情變化的蒂，最近連我都開始能預料她在想什麼。

西茲少爺也發現到這件事。

「啊，妳說這個嗎？這叫做『項圈』，套在脖子上使它不至於脫落後，再用繩索連接在一塊。在這個國家要帶狗外出散步時，依法有義務得幫牠們戴上。所以在出境前，陸都必須戴著這個項圈。」

「…………」

人添麻煩吧。我們當然非常清楚陸並不會做那些事，但是這國家的人們卻無法馬上明白這點。總之這麼做是為了安全起見。」

「…………既然這樣——」

「怎樣？」

「那為什麼人類，不需要，戴項圈呢？」

蒂一面把手伸進斜肩包，一面這麼問。

「人類明明會比狗，做出更可怕的事，或更恐怖的事呢。」

然後她拿出手榴彈。

「哇哇哇！」

西茲少爺連忙用手蓋住好藏起手榴彈。

無論怎麼祈求都見不到，
我見不到我自己。
—I Can't See Me.—

CONTENTS

這個故事裡的登場人物

奇諾の旅

——the Beautiful World——

XIX

時雨沢 惠一
KEIICHI SIGSAWA

插畫●黑星紅白
ILLUSTRATION KOUHAKU KUROBOSHI

序幕
「拋棄之國・b」
—Till You Drop・b—

序幕「拋棄之國・b」

—Till You Drop・b—

然後，兩人找到了那個家。

傍晚很快就降臨的冬季森林裡，矗立著一棟小小的木屋。在毫無人煙的道路上，只看到延伸的電線而已。

房子裡透出日常生活的燈光，準備晚餐的炊煙則從煙囪冉冉上升。

這對男女，在沒發出腳步聲的情況下迅速接近，終於站在房子門口。

「…………」

「…………」

兩人不發一語，互看對方並點頭示意之後，便蒙面把臉遮起來。那是只有雙眼跟嘴巴開洞的黑色面罩。

然後，兩人沒敲門就把門打開。

是很突如其來的造訪。

出現在兩人眼前的，是正準備開動晚餐的餐廳。還有距離他們超近，訝異得目瞪口呆的一家之主，是位年約四十多歲的男子。

蒙面男子撲上去揪住他的領口，並輕易把他摔到木板地上壓制住。接著取出口袋裡事先準備好的繩索，不一會兒就將他反手綁起來。

至於蒙面女子則像貓一樣敏捷，同樣把大聲慘叫的妻子摺倒在地，並很快地將她綑綁起來。

坐在餐桌前的是只有看起來年約十歲的女孩，與看起來比女孩年紀更小一些的男孩。

蒙面男子對害怕到僵住的兩人說：

「就這樣別動，就這樣別動。嗯，乖乖坐在位子上喔。不准站起來，也別亂動，要乖喔。」

他的語氣彷彿他們是多年好友般，聲音非常非常溫柔，也宛如魔法的咒語般，讓兩個孩子都不敢離開他們的位子。

僅花幾秒就壓制住這一家四口的兩名蒙面者，立刻在屋子裡奔馳。他們彷彿早就熟悉環境似的穿過走廊，衝進只有小燈泡當照明的糧食庫裡面。

接著，毫不猶豫地打開位於擺放起司與義大利麵條的櫥櫃後面的密室門。
往旁邊打開的門後，比糧食庫還要昏暗的小房間裡——
「怎麼？你們找我這個老太婆，有什麼事嗎？」
坐在床上瞪著兩人的，是一名體型嬌小的老婆婆。

「求求你們！請不要帶走我母親！」
遭到綑綁的一家之主依然趴在地上，拚命抬頭對兩名蒙面者大喊。
蒙面男子輕鬆地背起老婆婆。
蒙面女子從倒在地板上的妻子旁邊走過，跪在一家之主的前面。
「我們辦不到。」
從她蒙面的孔洞發出冷靜的聲音。
「這都要怪你把應該送出國外廢棄處分的人，偽裝成『已經死亡』來藉此隱匿。這已經違反『老人廢棄法』，你還有什麼話好說？」
雖然一家之主剎那間呆住，但他拚命反駁：
「當、當然有！這個國家根本瘋了！為了減少人口就把老人放逐到國外，這種行為太瘋狂了！

現在都什麼時代了！」
「可是，法律就是法律。這國家不是民主主義國家嗎？既然你覺得瘋狂，就應該靠大家的力量改變它才對。」
「你、你們……到底是什麼人？警察——應該不是吧！」
對於這個質問，蒙面男子回答：
「當然不是。如果我們是警察，就會正大光明地敲門並拿出拘票了。好了，你打算怎麼做？是打算現在就報警說我們闖入你家嗎？但如此一來，你們全家將會因為『隱匿廢棄老人罪』被逮捕，你希望變成這樣嗎？」
「…………你、你們為什麼要做這種事……？」
「啊哈哈，為了錢啊。這是理所當然的吧？有個組織只要找出隱匿老人並交給他們，就會給我們錢。」
「…………」

此時在蒙面男子背上的母親，代替沉默不語的一家之主說話了。

「啊，已經夠了。這些日子以來真的很抱歉。說真的，我早就應該要從這個家消失了。乾脆就藉此機會，結束老是擔心你們可能被逮捕的生活吧。」

她那位仍然趴在地上的兒子，剎那間露出快哭出來的表情。

他似乎想說些什麼而張開嘴巴。

「…………」

最後卻什麼話也說不出來。他原本抬起的臉往地板低下，並且別開視線。

老婆婆把臉轉向蒙面的兩人說：

「你們兩位，請偷偷把我帶出這個國家。然後，在附近山區隨意找個地方把我丟下就好。」

「好吧。妳還有什麼需要帶的行李嗎？」

對於蒙面女的問題，老婆婆只回答她一句話。

「沒有。不論是地獄或是天堂，快點帶我去吧。」

第一話「美好記憶之國」
—Beautiful Memories—

一輛摩托車（註：兩輪的車子，尤其是指不在天空飛行的交通工具）奔馳在荒蕪原野中的一條道路上。

摩托車有著銀色的油箱，以及漆成黑色的雙缸引擎。顏色略為暗淡的銀色排氣管，則從車體左右兩側各伸出一支。

後輪兩側有黑色箱子，上面附有鐵管製的載貨架，上面還綁了大型的皮革包包。甚至還看到捆起來的睡袋。

這輛滿載旅行用品的摩托車揚起了沙塵，在筆直的道路前進。

周遭只有紅棕色的乾燥大地與呈現暗綠色的仙人掌，還有四處聳立如巨型蕈類的岩石而已。

而陸地與天空均不見任何生物的蹤跡。冬季的天空非常寒冷，擴展於高空的湛藍，則顯得相當淡薄。

朝陽在東方天空較低的位置，正發出微弱的光芒。幾乎沒什麼風在吹。

摩托車的騎士是名年輕人，年約十五六歲。

她的臉上纏著淡綠色的領巾，保護臉頰免受冷空氣侵襲，眼睛戴著銀框的防風眼鏡。

頭戴附帽簷與護耳的帽子，並用防風眼鏡的鬆緊帶把護耳片壓住，以防帽子被強風吹走。

她的身上穿著被塵土汙損的棕色大衣，過長的衣襬則捲在雙腿上固定。

道路的環境只是比其他地方少一點岩石與凹凸不平的路面，若沒有車輛往來，感覺這條路似乎不久就會消失不見。雖然這條路偶爾為了閃避岩山而蜿蜒曲折，但幾乎是往正西方延伸。

望著前方占據整片視野的寬廣地平線——

「漢密斯，有關前方的那個國家呢，是師父告訴我的旅行故事之中，印象最鮮明的，讓我忘也忘不了。」

摩托車的騎士時隔許久才開口說話。領巾隨著她的嘴巴蠕動著。

名叫漢密斯的摩托車從下方開心地回話。

「是喔是喔！能夠讓奇諾那麼說的國家，倒是有點稀奇呢。」

「是嗎？」

「是啊。妳明明還曾經在入境以後，才想起『啊，這裡是之前師父提過的國家呢！』」

名叫奇諾的摩托車騎士為了方便說話，把領巾從嘴邊往下拉。然後，微微歪唇回答摩托車。

「這個嘛，到了這個年齡，記性就會變差……」

「妳不必突然開始裝老人也行喔，奇諾。」

「反正，人類的記憶力不管是年老或年輕，一定會有極限。」

「那麼，就當妳說得對好了。然後，師父說那是個什麼樣的國家？」

漢密斯問道。奇諾只是簡短回答：

「她並沒有告訴我。」

「什麼？」

「師父她完全沒告訴我。像是那個國家內部的狀況、居民的生活方式、在那裡發生過什麼事等等。」

「什麼～？」

「只不過，師父是這麼說的：『在我漫長的旅途中，那是令我印象最深刻的國家之一。那個國家的事，我想忘都忘不了。』」

「原來如此，要那位師父說那國家的細節，想不到還這樣賣關子，可見是一個非常了不起的國家呢！」

「——或者，其實是印象糟糕到讓她一輩子都忘不了，連要告訴我都有所顧忌的一個棘手國家吧……」

「可是啊，除此之外，我們早就聽過許多棘手國家的故事了吧。還是說，這國家比那些國家還要棘手？」

「嗯……如果真是那樣，我根本完全無法想像呢。不論如何，我再過不久就要抵達那裡，這點我倒覺得很開心。」

當奇諾這麼說的時候，已經開始看得到遠方的城牆了。彷彿從地平線緩緩升起的城牆，在朝陽的照耀下，發出暗灰色的光芒。

「好了，究竟是什麼樣的國家呢？」

奇諾開心地說道，並且催起漢密斯的油門。

第一話
「美好記憶之國」
—Beautiful Memories—

「奇怪？」

奇諾微微驚叫。

「怎麼了？」

漢密斯從下方詢問。

奇諾先放開油門，為了節省燃料也馬上熄掉引擎。讓漢密斯靠慣性往前滑行，快停止前再拉剎車。

荒野突然變得安靜無聲，連風的聲音都聽不到。

奇諾把戴在眼前的防風眼鏡往下拉到脖子的位置，並且直盯著前方看。在岩石四處散布的大地前方，是延伸的地平線。在地平線上方，是一望無際的蔚藍天空。

然後。

「⋯⋯⋯⋯」

奇諾不發一語地慢慢扭頭。

映入她眼簾的是城牆。正面被稍微過了正午的太陽所照耀，還發出暗灰色的光芒。

「⋯⋯⋯⋯」

幾秒後，奇諾緩緩張口說話。

「我說……漢密斯……」

「什麼事，奇諾？」

「我……原本打算入境那個國家的……沒錯吧……？」

「嗯，沒錯唷。」

「可是……咦？為、什麼……？我怎麼會、就這麼、通過了……？」

「只不過，那是前天的事情唷。」

「啥？」

「別急別急，我仔細解釋給妳聽。總之妳先下來吧。」

「…………知道了。」

奇諾用側腳架把漢密斯立穩，然後從漢密斯上面下來。她摘下防風眼鏡與帽子，把黑色短髮撥鬆後，再次盯著在東方的城牆看。

「那麼……這到底是怎麼回事？漢密斯。」

「嗯，簡單來說就是——」
「簡單來說就是怎樣？」
「奇諾妳入境之後，盡情享受，然後出境。就這樣。」
「什……麼？」
漢密斯一股勁地對目瞪口呆的奇諾說道。
「我的意思是，奇諾前天午後從那個國家的東城門入境，然後跟往常一樣停留三天到今天午後離開，妳剛才出境後就一路騎到這裡。」
奇諾在寒冷的世界裡大喊：
「我怎麼沒有那些記憶！」
「那是一定的啊——那麼，奇諾，我記得左邊箱子最後面的角落夾了一只信封，妳拿出來看看。」
漢密斯輕鬆地說道。
「『那是一定的』……？信封……？」
奇諾露出愈來愈疑惑的表情，但還是照漢密斯的話做。她打開箱子，從最後面的角落拿出夾在那裡的咖啡色信封。

「……我完全沒印象，曾經放這信封進去耶……」
「裡面放了給奇諾的信，妳讀一下吧。」
「是誰、寫給我？」
「妳讀過就知道了。」
奇諾打開用蠟封住的信封，並拿出裡面的信紙。打開後，開始讀起寫在上面的文字。

『給我自己——

也就是，奇諾寫給奇諾。』

「這是什麼啊！」
奇諾彷彿被迫拿著拔掉安全栓的手榴彈，整個人遠離手上的信紙。
「放心，那不會爆炸。上面的字有印象嗎？」

漢密斯問道，於是奇諾再度端詳那封信。

「……………是沒印象——不對！有印象，這完完全全是我的筆跡……」

「ＯＫ。只要妳能夠理解這點，那麼謎題就解開了。好了，妳繼續把信讀下去。啊，不唸出來也沒關係。我已經知道內容了。」

「…………」

『在唸這封信的時候，想必我一定很訝異。

可是，請冷靜下來。這並沒有任何危險。

這是我在入境前，在東城門前寫的信。

這個國家對於我的入境，提出一項條件。

那就是「同意在出境的時候，用藥物消除我滯留境內時的記憶」。

這個國家不希望讓別人知道他們國內的情況，可是又希望旅行者能夠愉快地停留。為了消除這自相矛盾的狀況，據說從幾百年前就持續這種處置方式。

所以，師父也是以同樣條件入境的吧。

這次我，同意接受這個處置方式，並預定進入這國家三天。

旅行者姓名：奇諾。』

在這些文字的最後，還附上奇諾的簽名，甚至還按下十個，也就是雙手的紅色指印。

「等一下！這個——」

奇諾的視線從自己寫的信轉移到漢密斯那邊。

「正如上面所寫，奇諾聽過入境審查官說明一切，也接受後才選擇入境。那些指印，也是妳憑自己的意志按下去的喔。」

漢密斯淡淡訴說後，再補充道：

「奇怪？這部分妳連模糊的印象都沒有？對方說會盡可能不消除妳入境前的記憶耶，嗯，會不會是『藥效』太強了啊？」

「……………」

奇諾目瞪口呆了約三秒鐘，不久開口說：

「那麼……漢密斯……我跟漢密斯進入那個國家——」

「嗯！我們住在相當漂亮的飯店裡，一連三天不斷吃東西，吃的都是非常美味的佳餚——」

「我沒印象！一點印象都沒有！」

「畢竟就是那樣的處置，這也沒辦法啊。這些是入境審查官說可以告訴妳，所以我才說的，奇諾妳還到國內四處觀光唷。不僅跟居民聊天，也進了民宅接受款待。大家都很開心地聽奇諾說旅行的故事，大家都非常親切。哎呀，真的是很棒的國家。」

「…………」

奇諾無言以對，此時她頭一次發現到一件事。

「等、等一下！」

她臉色劇變地說：

「為什麼！為什麼漢密斯會記得那些事情，還記得那麼多？」

「咦？這很簡單。『因為摩托車不是人類』。以上證明完畢。」

「…………那是……也就是說……」

「嗯。」

「漢密斯全都記得……？」

「美好記憶之國」
—Beautiful Memories—

「當然。」

「我在那個國家裡說過些什麼，做過些什麼，吃過些什麼，你全都記得？」

「那還用說。」

「這麼說——」

「可是，不行。我跟那國家的人說好了。入境前，因為沒有方法可以消除摩托車的記憶，於是他們給了我兩條路選擇。第一！就是在城牆外待到奇諾出境為止。第二！就是答應不對任何人說這國家的事，不僅能得到酬勞，還能跟妳一起滯留在這國家。由於我當然是選後者，所以什麼都不能說。很遺憾。可是，妳看妳看！我的前後輪全換新囉！太棒了！」

「…………漢密斯……」

「等一下，即使妳威脅我、拷問我、分解我，或是說要在下個國家把我賣到中古市場都行不通的。摩托車會遵守約定，只要我還裝著這兩個輪胎的一天就不會說！」

「…………」

「可是妳放心，奇諾。奇諾仍舊是以往的奇諾。妳沒有不小心把奇諾的祕密滔滔不絕說出來，也沒有迷迷糊糊地就拔出說服者（註：這裡是指槍械），把看不順眼的人殺掉，這些事妳一點都沒做。」

「…………」

「更重要的是，在過去我們入境的國家中，這次的停留期間無庸置疑是最享受的。我覺得已經好久沒看到奇諾如此爽朗的笑容了。我認為妳是打從心底享受那裡的環境，連我光看都感受到妳的快樂。至於證據，妳拿出放在右側箱子裡的信封看看。」

「…………」

奇諾照漢密斯說的摸索，裡面果真放了一個大信封袋。

「我沒印象放了這個……」

然後她打開信封。放在裡面的，應該是從素描簿撕下來的畫紙。

利用木炭，巧妙運用白色與黑色所描繪出來的──

「是我……」

站在中央的，是奇諾。然後聚集在她四周的，是從未見過的人們。

上面畫了大人與小孩，還有嬰兒。連同奇諾在內的所有人，各個都露出燦爛笑容。

「當時有位厲害的畫家在場，他三兩下就迅速幫忙畫好了。雖然完全禁止拍照，不過城門的衛兵也許可，說如果是畫就沒關係。」

手上拿著圖畫的奇諾，不由得抬頭仰天。

然後大叫：

「可是……我……完全沒有印象啊！」

「那是沒辦法的事。」

「…………」

「怎麼辦？還是說妳要再入境一次？」

奇諾低頭看著漢密斯。

「咦？」

「哎啦，入境審查官在我們入境前曾說，我們想入境幾次都沒問題。」

「…………」

奇諾失望地低著頭，手撐在漢密斯的油箱上靠著。

「這就是師父無法告訴我的原因啊……畢竟她根本就無法告訴我呢……」

「嗯，然後奇諾也是第二次察覺這點。妳在準備入境前，也說過一模一樣的話唷。」

「…………」

此時奇諾抬起頭來。

「漢密斯——你的燃料如何？」

「是加滿的。攜帶糧食跟水也都補給完全。連輪胎都換新的了！」

「我知道了……」

奇諾小心翼翼地把信紙跟那幅畫收進信封裡，再放回箱子裡。

「喔？我還以為妳會因為過度悲傷而撕破丟掉呢。」

「不……我準備晚上升火的時候用。」

「原來如此。」

奇諾戴回帽子與防風眼鏡，然後跨上漢密斯。腳踩啟動桿發動引擎後，把側腳架踢回來。

奇諾一度回過頭。

「…………」

又不發一語地重新把臉面向前方。

「我們走吧，漢密斯。」

「走吧，奇諾。」

然後騎著漢密斯往前進。

「美好記憶之國」
—Beautiful Memories—

第二話
「天才之國」
—Finding a Genius—

第二話「天才之國」

—Finding a Genius—

這是發生在某個春天的事情。

奇諾與漢密斯造訪那個國家時，剛好有一組團體在同樣時間點入境。

這組男女加起來有五人的團體，是搭乘大卡車來的。他們所有人宛若醫師似的全穿著白袍。

「這麼說，你們是醫師囉？」

漢密斯問道，但他們全都搖頭。

「那麼，是商人？」

又是否定的回答。

「那麼，單純來觀光？」

結果對方又回答說不是。

當奇諾不解地歪著頭時，對方便主動說出他們入境的目的。

「我們，是來尋找天賦異稟的人類——也就是『天才』唷。」

「天才、嗎……？」

「是的。遠比我們這樣的平庸人類，具備清晰的頭腦，能夠為社會帶來很大貢獻的人類……在我國正需要那種人類，所以我們才會拚命尋找。」

「你們將如何找到天才呢？」

「那個嘛——對了！如果你們有空閒的話，要不要跟我們一起尋找天才呢？」

這個國家非常樸實，人們不太擅於應酬，也沒什麼可以觀光的地方——那麼說的奇諾，便決定跟白袍一團一起進行「尋找天才」的行動。

「其實妳很有興趣吧？奇諾。」

「我不否認那個可能性。」

隔天早上，白袍團體的卡車從城鎮出發。

當他們來到人數眾多的農村後，首先是拜訪村長，明確告知他們是來尋找天才的。

然後，只要有人願意讓他們調查未滿一歲的嬰孩，就答應給予相當於這村莊賺得的十天份酬勞的金額。

當村長一發出這個消息，村人紛紛帶著自己的孩子過來。

畢竟這是個小孩出生很容易夭折的國家，也是個大量生育的國家。不一會兒，村長家門口就排了長長的人龍。

白袍團體的每位成員便開始調查嬰孩。

他們從公事包拿出附有纜線的機器，再使用纜線前端的細長金屬棒，不斷在距離嬰孩頭上的不遠處動來動去。

「那是什麼？」

漢密斯問道。白袍團體的其中一人回答：

「那正是我國的偉大發明，『天才發現器』。不需要做任何接觸就能調查腦部狀況，明確分辨這孩子將來是否會成為天才。」

「喔，好厲害！是怎麼樣的構造？」

「唯獨這點是我國的最高機密，不能在這裡說出來。」

「真可惜。」

白袍團調查了好幾名嬰孩，不過這個村莊似乎沒有發現到「天才」。於是他們決定前往下一個村莊。

這時候奇諾與漢密斯——

「現在怎麼辦？奇諾。」

「如果真的找到天才，我倒是有興趣想看看是什麼樣的孩子。」

於是他們決定繼續跟著卡車走。

然後，這是在當天傍晚，發生在第三個村莊的事。

當金屬棒在不知道是第幾個的嬰孩頭上移動時，忽然間有了反應。公事包型的機器發出嗶嗶聲，金屬棒的前端也閃爍紫色光芒。

「找到了！」

白袍團體所有成員都非常開心。

然後，他們開始與那名嬰孩的雙親交涉。孩子的雙親都才十幾歲，這是他們第一個孩子。

白袍團體毫無掩飾地坦言道：

「經過我們的檢查，證明這個孩子確實是天才。可是，如果他繼續留在這個國家成長，想必就跟你們一樣，這輩子都會過著樸實的生活。但是，如果把他交給我們，這孩子就能接受完整的教育，培育他成為可以在社會發揮才能，為許多人帶來幸福的人。還請你們為了這孩子的未來，是否願意考慮把他交給我們呢？」

雖然這對非常年輕的夫妻，因為無法立刻回答而煩惱不已。

「如果你們願意把孩子交給我們，我們將會支付你們這麼多的報酬。」

白袍團體出示的，是媲美他們年收入的金額，兩人見狀都露出滿臉笑容。

隔天，也就是入境後的第三天早晨。

奇諾與漢密斯出境了。

而白袍團的卡車也跟他們一起穿過城門。

在森林裡的叉路，奇諾將跟往北走的他們分道揚鑣。於是，便在那裡舉行茶會順便休息。

奇諾一面喝著茶，一面看著他們很寶貝似的輪流哄著接手撫養的嬰孩——

「我只有一個問題想問你們。」

然後對他們這麼說。

「你們國家誕生的嬰孩，也全都用那個機器進行檢查嗎？」

他們看著奇諾，然後露出微笑。其中一人這麼說：

「奇諾，妳那個問題並不成立。」

奇諾歪著頭感到不解。

「哦，為什麼？」

在她身旁的漢密斯也提出疑問。

他們先聲明「因為妳是旅行者，所以特別告訴妳」，接著回答問題。

「那是因為，我們的國家任誰都生不出孩子。雖然不曉得理由為何，但現今我國的居民，並沒有能力傳宗接代。所以，只能像這樣以合法手段，從其他國家接收嬰孩。但是，帶回國的人不知為何，也沒有傳宗接代的能力，所以我們只能夠在各個國家，不斷重覆做相同的事情。」

「原來如此……」

目瞪口呆的奇諾，停下喝茶的手並這麼說。然後──

「所以你們才使用那種機器，找出具有才能的嬰孩並接手撫養啊。」

白袍團體所有成員，對著終於領會的奇諾搖頭。

「不，那個機器是騙人的。那不過是靠拿著的人按下按鈕，就會發出聲響與亮光的裝置罷了。其實那才是最高機密。」

「…………」

此時奇諾無言以對。

「然後呢？然後呢？」

漢密斯開心地問道。

「我們要接手撫養什麼樣的孩子，全是看他的雙親再決定。若是生下孩子後，只能夠讓他過貧窮日子的父母，看得出來對孩子沒有愛的父母，只會施暴折磨孩子的父母──我們都是從這種父母手裡接收孩子。對他們而言，或許也需要理由抹去自己賣掉孩子的罪惡感。所以我們才會讓他們堅信『這孩子是特別的天才，既然我們沒有能力撫養，交給別人也是萬不得已』，這種方便彼此的藉口。」

「也就是說——」

奇諾繼續問道。

「孩子是不是天才，完全不是問題，是嗎？」

他們則如此回答：

「奇諾，那個問題並無法成立。」

「？」

「因為，孩子都是天才。」

第三話
「秀才之國」
—Finding an Error—

第三話「秀才之國」
—Finding an Error—

那是發生在某個冬天的事情。

奇諾與漢密斯穿過草木皆枯的寒冷世界，好不容易抵達某一個國家。

那是四周圍著城牆的大國。奇諾他們跟往常一樣獲得入境三天的許可，接著眼前的城門便打開了。在城門前方的冬季夕陽，正發出耀眼的光芒。

「這裡呢，漢密斯。之前我們詢問過的商人，說這裡是『完成度非常高的國家』呢。」

「是嗎？——雖然他那麼說，可是所謂的『完成度高』，具體來說又是如何呢？」

「我也不是很清楚。所以，明天起我們到處逛逛吧。」

「好極了。」

隔天。

奇諾與漢密斯花了整整一天的時間，在這遼闊的國家裡到處走走看看。

然後——

「這裡的道路又大又乾淨呢！來往的車輛，性能看起來也很棒！而且駕駛也全都遵守交通規矩！」

「住宅全都很寬敞，居住的感覺似乎很舒適。」

「建築物的設計感很酷呢～整體配置也很機能化！」

「燃料的品質優良！加油機的流量計也非常正確！」

漢密斯對許多地方讚不絕口。

奇諾也一樣。

「雖然看不出來是假日……但看得到悠哉休息的工作者呢。這表示他們的工作算輕鬆嗎？」

「而且街道真的非常整齊美觀。完全看不到任何垃圾落地。」

「無論走到哪裡，警察都不會很神經緊繃。也沒有全副武裝，證明這裡的治安良好呢。」

她不斷說出誇獎這國家的言詞。

那天晚上。

躺在床上的奇諾，一面在非常漂亮的飯店寬敞客房悠哉休息，一面與停在地毯上的漢密斯交談。

「原來如此，我現在非常明白何謂『完成度高的國家』。」

「實在是太無懈可擊，完美到令人害怕呢，奇諾。」

「就我所看過的國家之中，的確是最無懈可擊呢。」

「妳想住下來了嗎？」

「嗯？不必了。」

「奇諾還是老樣子呢。話說回來，妳覺得完成度能高到這種程度的理由，到底是什麼呢？」

「這個嘛，我想應該是國民的素質高吧。」

「原來如此。那麼，妳覺得素質高的理由是什麼呢？」

「是——」

「是什麼？」

「我打算明天再找人問。晚安。」

「嗯，晚安。」

隔天，是奇諾入境後的第三天早晨。

離開飯店的奇諾與漢密斯，思考到底什麼人有可能告訴他們「這國家的謎團」。

「我想，應該還是市公所吧？」

「過去看看好了。」

於是她前往在地圖上一看即知的所在地，也就是這個地區的市公所。

「妳是旅行者對吧，需要我們當嚮導嗎？」

笑咪咪前來接待的，是一名穿西裝的年輕男性。他帶著奇諾與漢密斯，進入漂亮的會客室。

奇諾坐下來，說她想知道這個國家，也就是國民為何能優秀到這種程度的理由。

漢密斯說這就是「短刀直輸入」對吧？奇諾略微思考以後，回問你是說「單刀直入」嗎？漢密斯馬上說：「對，就是那個！」說完就變得好安靜。

坐在對面的男子，聽到奇諾的問題後就露出訝異的神色。

「我國——真的有那麼優秀嗎？」

他不是開玩笑也不是表示謙遜就說出那種話。

「這裡的居民自己並不了解這點唷，奇諾。」

漢密斯的話一點也沒錯，所以奇諾把自己與漢密斯跑遍這國家的感覺——也就是把這裡的國民比她以前參觀過的國家還要優秀，還要遵守規則與道德等等，做了簡單扼要的說明。

接著男子說：

「能夠聽到妳那些讚美，我真的感到很開心。然後是那個理由對吧……我覺得，應該還是教育吧。因為創造國民的是教育。我從其他旅行者與商人們的口中得知，我國的系統跟其他國家的並不一樣。」

「這樣啊，有什麼差異呢？」

漢密斯問道，奇諾則是等待男子的回答。

「針對孩子，我國是採取統一教育的方式。」

「嗯，怎麼樣的教育方式呢？」

「我依序向你們說明。首先，嬰兒生出來後馬上會送往國營的托兒設施。他們將在那裡由育兒專家撫養。」

「這樣的話……父母照顧小孩這件事呢？」

奇諾問道，男子搖搖頭說：

「完全不需要。照顧小孩這種事情，是非常非常辛苦的作業。會讓他們夜晚無法成眠，把時間全花在那上面。或許這樣的說法很不妥，但那並不是『外行人』的夫妻能夠勝任的工作。」

「原來如此，接下來呢？」

「孩子將在設施接受符合他們年齡的保育與教育。由於設施兼具學校的功能，所以大家在那裡一起讀書，有時候一起玩耍，然後快快地長大成人。這樣的作業將持續十五年。」

「十五年，是嗎……」

「這樣很漫長呢——在那期間，他們都無法跟父母親見面嗎？」

「是的，即使父母親有哪一方因為生病而不久於人世，也都無法見面。」

「不覺得這太嚴苛了嗎？難道沒有人反對嗎？」

「沒有，完全沒有。因為那是理所當然的做法。而且『這裡的居民自己並不了解這點』。」

那麼說的男子微微笑了一下，然後又說：

「過了整整十五年以後，才會跟父母、兄弟姊妹，或是親戚等等見面。那可是值得高興的一刻。在我國，這一天就被定為『生日』。」

「原來如此。在那天到來以前，都算是『在胎內』囉？」

「一點也沒錯。」

這時候奇諾詢問：

「那麼，你的意思是靠那十五年的教育來培育這國家的人們，才讓社會變得如此安定嗎？」

「是的，因為除此之外我想不出任何理由。以我國的教育方針有這樣的說法，那就是『世上沒有天才。但是，卻能培育出秀才』。」

「也就是說，你的意思是透過紮實的一貫教育，才讓國民們都成為秀才。」

「是的。」

「雖然我已經有所了解，但還剩一個問題。」

「請說，是什麼問題呢？」

「有關孩子們的事，我認為只要是人類，都有可能出現試圖反抗這種教育的人，抑或是跟不上這種教育的人。也就是說，是否有『無法成為秀才的人』呢？」

「妳會擔這種心也是再當然不過。不過請放心，在我國並沒有那種人，一個也沒有。」

「……？」

奇諾不解地歪著頭，然後詢問男子：

「也就是說，所有人都完美地成為秀才嗎？」

男子搖頭說：

「沒有。正如剛剛奇諾妳說的，要讓全體都成為秀才是不可能的事，雖然全都能成為秀才是最理想不過了。」

「……？」

奇諾再次浮現出充滿疑惑的表情。

「啊，我知道了！」

在她旁邊的漢密斯則開心說道。

「或許正因為你是摩托車才能夠明白呢！」

男子又開心地如此回答。

這時候漢密斯，出手幫助被撇在一旁的奇諾。

「奇諾我問妳，無論摩托車或說服者，只要在人們的手裡都能順利操作對吧？」

「這個嘛，若無法順利操作就傷腦筋了……」

「那麼，那是為什麼呢？為什麼從工廠出貨的產品，都能夠毫無差錯地順利操作呢？」

「那是因為——」

奇諾的話說到一半，雖然只有一下下，但她的雙眼瞪得大大的。

察覺到她臉色變化的男子，則是笑咪咪地說：

「是的，看來奇諾也明白了呢。在我國，經過檢查後若沒有達到規定數據的『不良品』，絕對不會『出貨』到社會上。那些都將確實廢棄處分。」

第四話
「守護之國」
—Out of His Tree—

第四話「守護之國」
—Out of His Tree—

我的名字叫陸，是一隻狗。

我有著又白又蓬鬆的長毛。雖然我總是看似愉快地露出笑咪咪的表情，但並不表示我總是那麼開心。我是天生就長這樣。

西茲少爺是我的主人。他是一名經常穿著綠色毛衣的青年，在很複雜的情況下失去故鄉，並開著越野車四處旅行。

同行人是蒂。她是位沉默寡言又喜歡手榴彈的女孩，在很複雜的情況下失去故鄉，後來成為我們的伙伴。

在很複雜的情況下成為西茲少爺專屬「旅馬」的越野車，今天仍順暢運行。

自從某一天，修理過引擎以後——

自從某一天，打消賣掉它的想法以後——

「我還能動！不要賣掉我！」

簡直像如此大喊般，變得不知故障為何物。

載著我們的越野車，車體隨處滿載著糧食、水、燃料以及旅行用品，輪胎與避震器被塵土妝點，奔馳在草原中唯一的一條道路上。

西茲少爺在左邊的駕駛座上，穿著往常那件綠色毛衣。他臉上戴著平時那副防風眼鏡。隨身的佩刀，總是在左手往下移就碰得到的位置。

蒂坐在副駕駛座，穿著往常那件短褲與長袖襯衫。因為我常常縮在她雙腳之間，就算風吹進越野車，她似乎也不覺得冷呢。

此處是一整片的平坦世界。在好暖好舒服的春日底下，開始生長的草變成了綠海。

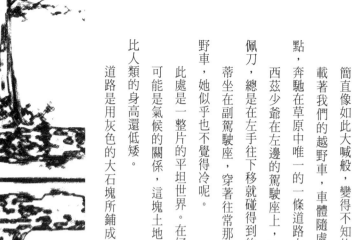

可能是氣候的關係，這塊土地的樹木並不容易成長，因此幾乎看不到什麼樹木。就算有，也都比人類的身高還低矮。

道路是用灰色的大石塊所鋪成。整條路非常筆直，也相當寬敞。平常的話，應該有不少商人之類的卡車往來吧。由於視野遼闊路面也很平順，因此可以用相當快的速度行駛。
西茲少爺看起來心情不錯地踩著油門。
在之前去過的國家，因為蒂的導航而認真狂飆以來，西茲少爺已經養成開快車的習慣——
其實也不是那樣，是為了趕在傍晚前抵達目標中的國家。
我們是在幾天前聽到那個國家的傳聞，是當時遇見的商人說的。
「穿過草原有一個自由自在的國家，那兒應該沒有特別禁止外國人移民唷。」
聽到這樣的消息，便讓西茲少爺想過去看看。如果商人說的距離無誤，照這個速度應該能在今天之內到達。
西茲少爺開口詢問：
「蒂！不休息沒關係嗎？」
聲音完全不輸給吹進車內的風聲。
「…………」
蒂回答沒關係。
在天色還明亮的時候，我們抵達目標中的國家。

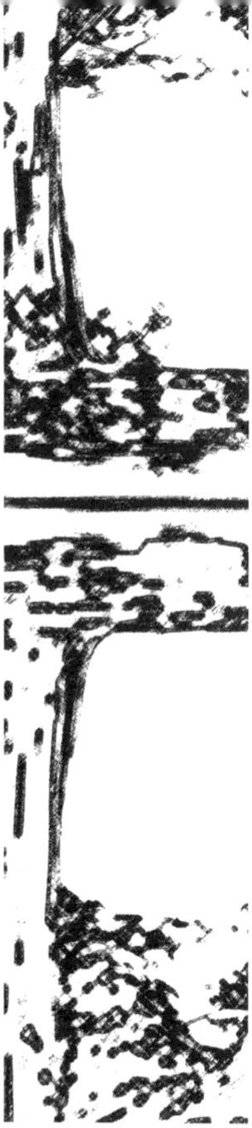

它就位於遼闊的草原之中，有著寬闊的護城河，聳立在後面的是高大又雄偉的城牆。若沒有什麼特殊的地理因素，所謂的城牆基本上都是呈圓形。因此旅行者能夠從城牆的曲率，也就是有多彎曲來推測這國家有多大。

「很大的國家呢。」

「是啊，西茲少爺。」

「…………」

到底這個國家，是否能成為我們安居之地呢？

這時候手持步槍的衛兵，從護城河前方的檢查哨走過來。

「啊，你們想移居來我國是嗎？我只是個入境審查官，就立場上來說無法斷定，但我想應該是沒問題。」

因為對方說得太簡單了，讓西茲少爺跟我感到有些沮喪。

其實這國家很大方，入境審查都很寬鬆。就連西茲少爺的佩刀、蒂攜帶的爆裂物，只要誠實申報的話都不會被追究。

就這樣，西茲少爺又突然振作起來。他決定立刻四處調查，確定這裡是不是適合自己，更重要的是適合蒂留下來定居的國家。

於是我們花了兩天時間到處走走看看。

我們看到在平坦的大地綿延不斷，足以餵飽居民的遼闊農地。

看到許多矗立在國家的中央即首都所在地的建築物。那裡有道路與行駛的車輛，也有彩色的電視節目。科技倒還算是循序漸進地進化。

也看到往來城鎮的人們。明顯看得出來這不是個管理社會或居民們並非不幸，完全沒有那種不好的感覺。

就結論來說，是個缺點非常少的國家。這裡國土遼闊，人口也眾多，但是國家穩定，貧富差距也不大。國民每天過得很無拘無束。

一想到或許能獲准移居到這樣的國家——

「好了，今天再去什麼地方看看吧？」

「…………」

「真教人期待呢。」

我們連第三天都很起勁呢。

我們搭乘越野車前往距離首都不遠的郊區。

那裡有整排又新又漂亮的住宅。是專為在首都工作的人們設計的住宅地，也就是所謂的「住宅區」。

房屋的構造結合了木材與紅磚。根據我們在首都聽說的，木材是國內利用造林增加的，紅磚則是利用附近河川沖刷而來的泥土燒製的。

可能是因為人口增加的緣故，才建造了新的住宅區，所以不時有卡車與推土機等工程車來來去去。就連通往那裡的聯外道路，也正用新的紅磚鋪設。

在那樣的環境裡，我們看到格外顯眼的物體。

是整排的行道樹。

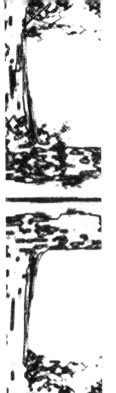

高度應該有十公尺以上吧。粗壯高大的落葉樹約有二十棵，以等距的間隔成列。每棵樹大大張著枝幹，剛長出來的葉子非常鮮綠。

我們能看到居民們在那片樹蔭下散步。在這個只有人工種植針葉林，其他樹木都看不見的國家，倒是相當罕見的風景。

「我們過去看看吧。如果真能在這國家定居，那裡或許會變成我們平日散步的路線呢。」

西茲少爺，你太心急了。

於是我們坐著越野車過去，並且在行道樹前面停車，因為無法再往前進了。既然只剩下二十公尺，我們便決定用走的。

西茲少爺理所當然把腰部的佩刀，鎖在越野車上的箱子裡。至於蒂，只帶了小小的肩背包。

不久我們已經站在行道樹下。

「這真的好壯觀喔。」

「…………」

西茲少爺與蒂抬頭看的，是整排樹齡超過幾十年的大樹。

樹木整整齊齊地種成一排，左右則有草皮與花草植栽，甚至還有碎石子鋪成的散步道。另一邊是潺潺流動的清澈小溪。

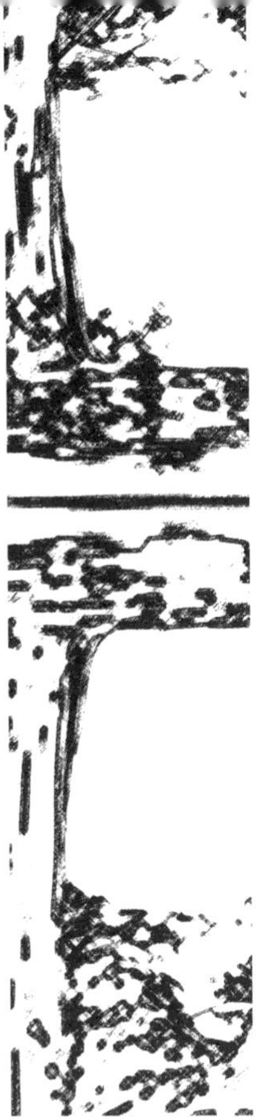

在過度整齊，看起來顯得乏味枯燥的住宅地正中央，是一處充滿綠意的空間。

樹木的枝葉形成舒適的綠蔭，有居民正在那樹蔭底下愜意休息。粗壯的樹根在泥土上方蜿蜒曲折，也有人把樹根代替長板凳。

在那樣的環境裡，打扮跟居民們比起來顯得奇特的我們，變得格外突出，也馬上被眾人團團包圍。

「你們是旅行者對吧！歡迎來到我國！」

「這位小不點好可愛喔！這麼小就在外頭四處旅行啊！」

「這位應該是爸爸……看起來不太像，是她的哥哥嗎？」

「狗狗全身毛絨絨的！」

眾人七嘴八舌地這麼說。

西茲少爺面面俱到地一一回答，很快就跟他們打成一片。接下來，是向他們詢問這些行道樹的事。譬如這裡是很棒的場所，為什麼只有這裡，留下這麼一片壯觀的樹林等等。

結果居民們笑容燦爛且七嘴八舌地說：

「這問題問得好！」

由於一下子太多人說話，現場顯得相當混亂，但因為我們的時間相當充裕，所以還是把這漫長的故事聽完了。

經過整理之後，故事似乎是這樣。

這列行道樹所在的位置，原本是一處農地。

這是發生在大約三十年前的事。因為要實驗性地種植其他種類的樹木，於是透過商人進口二十株樹苗，在國家的主導下被指定種在農地交接處的小河畔。

然後經過了二十年左右。樹木都還算順利地茁壯，但因為生長速度太慢了，便放棄當成木材的用途。整排樹木的維持管理也因此打住。

過沒多久，其周邊決定要改造成住宅區，而農地也賣給國營的住宅開發業者。

然後，理所當然會出現把礙事的行道樹全部砍掉的計劃。計劃是把樹木全砍掉，將粗壯的樹跟全數挖出來，然後在小河的上方加蓋變成溝渠，將農地改造成道路與住宅區。

十年前的當時，根本沒人在意這排行道樹。行道樹固然很少見，但儘管如此，卻沒有人反對為

了住宅區建地而砍樹的計劃。

但是有一個人除外。

就是這位，如今大家稱呼為「教授」，年近六十的男性。

「絕不能砍掉這麼珍貴的行道樹！住宅區的計劃大可以稍做變更，我們有必要為後代子孫留下這些樹！」

他開始如此主張。

其實，他並不是什麼草木專家。只是個土木工人而已。雖然在種植那排行道樹時，他曾經參與植樹作業，但也就僅止於此。

剛開始的時候，沒任何人理會這名男子。對他的認識，似乎也只限於「有個專說怪話的人」。但是他還是使盡全力朝反對運動邁進。

男子送了好幾次請願書給國家與業者，還自費製作傳單在首都與住宅區發放，甚至不畏風雨地站在大馬路上演講。

他拚命地告訴大家，這個國家再也找不到這麼壯觀的行道樹，也不可能再種植出這樣的樹林。樹木只要好好照顧，就能夠維持幾十年，因此說什麼都該保留下來。

當工程開始進行事前調查，男子就擋在行道樹前面，用自己的身體阻礙工程。所以引來警察關切，也不是一次兩次。想當然爾，他原本土木工人的工作受也因此到阻礙，似乎還導致他陷入連吃飯都有問題的生活。

儘管如此，男子仍持續反對運動。不過他的熱情，連居民們都開始隱約感受到了。雖然速度很慢，但贊同他想法的人開始增加。

最後，報紙與電視台等等媒體開始把男子當做話題，並介紹他的主張。似乎還有某報社特地連續好幾天籌劃他的特輯。

結果，就連遠方從未見過這行道樹的居民們，也基於好奇心而前來參觀。然後實際看到樹木壯觀的模樣而大受感動，反對活動因此一下子就被炒熱。

活動一旦過度炒熱就會成為媒體的話題，還會更加擴大。

這個國家好像原本就有話題一炒熱，就會一整個延燒的風氣。而一名男子單打獨鬥開始的運動終於開花結果，開發業者屈服於反對運動的浪潮，只能夠承擔經濟上的損失。這排行道樹與小溪，最後決定被當成住宅區建地裡的自然公園，永久保留下來。

男子當時喜悅的程度，至今似乎仍是茶餘飯後的話題。曾坐在這片土地不肯動彈的他，據說一聽到決定保留的新聞後就不顧眾人眼光嚎啕大哭，還緊緊抱著樹根呢。

男子後來一躍成為新聞人物。他守護行道樹的行動不僅被媒體報導，甚至有人希望能邀請他去演講。

當他為了募得保護行道樹的款項而四處演講時，不知不覺中就被大家稱為「教授」了。

據說他現在一面進行演講活動，一面努力維持這些行道樹，而且似乎還在這國家各個角落進行植樹活動。

為什麼他對這些行道樹，會灌注如此龐大的熱情呢？

根據教授在演講上邊流淚邊述說的內容——

原因是來自妻子，對自己感到厭惡而離開他。

過沒多久他就參與植樹工程，結果只要看到那些行道樹，就會想起離家出走沒再回來的妻子與四個孩子。對他而言，守護這些樹就跟守護家人有相同的意義，他不想再失去珍愛的事物了。

聽了這故事的西茲少爺，真心感到佩服。

「那真是非常感人的故事呢。」

他對居民們那麼說。

居民們也很驕傲地露出笑臉說「對吧，對吧，對吧」。

對於一連串讚揚教授偉大之處的言詞，西茲少爺也不時邊搭腔邊聽。

那麼，至於蒂——

「…………」

雖然她跟往常一樣默默聆聽別人說話，聽完以後到附近生長的草皮蹲下來仔細看，或是觀察行道樹的根部，或是啪啪地拍打樹幹，總之就跟往常一樣，不曉得她在想些什麼。

至於我，原則上以監視蒂的名義陪在她旁邊。

就在此時，看到有車慢慢接近這邊。

分別是一輛黑色轎車，以及一輛廂型車。轎車是一般常見的車子，但廂型車倒是做了相當大的改造。它沒有車窗，車頂還裝了一大堆天線，車體側邊還寫上大大的文字。

「…………」

蒂一副感到不可思議地眺望那輛廂型車。

「那是電視台的轉播車。」

我代替西茲少爺告訴她，因為以前在其他國家看過。是為了讓電視攝影機拍到的畫面，經由電波傳送到電視台的車輛。

也就是說那是來取材的，而採訪的對象應該是這些行道樹吧。

周遭看到採訪車的人們，則鬧哄哄地靠過來。那兩輛車就停在我們的越野車旁邊，接著有人下車了。

「天哪！是教授耶！」

女子嘈雜的聲音，讓現場的氣氛更加熱絡。

從轎車後座下來的，是穿著灰色西裝，頭髮夾雜著些許白髮的中年男子。

原來如此，這就是所謂的「說曹操曹操到」啊。本尊來看這些行道樹，電視台記者們為了採訪他才會跟來。

教授帶領著幾名攝影記者到這裡。

不愧是常常辦演講活動的人，看來已經習慣受眾人注目呢。他自信滿滿地挺起胸膛，滿是皺紋的臉，露出給人和善印象的笑容。

如今的居民們似乎也有不少人參加這場活動。

「教授──！」

他們衝向男子跟他握手，電視攝影機不斷捕捉到幾乎想說「讚啦！」的畫面。現場並沒看到類似播報記者的人，所以這次並不是實況轉播，似乎是先預錄的報導。

「旅行者你們運氣真好！竟然能遇到教授！」

西茲少爺聽到居民們對自己這麼說，他委婉地回答「是啊」。至於蒂──

「…………」

她的綠色眼睛，看著走在草地逐漸靠過來的男子。我當然不知道她心裡在想什麼，或許她只覺得肩膀扛著大型電視攝影機的電視媒體很稀奇吧。

教授來到行道樹旁後，他在距離我們所在位置約二十公尺的地方，緊抱住一棵樹。

當他憐惜地把臉頰靠在樹上，周遭的人們不禁陶醉他的舉動而嘆氣。當然，那個畫面也被攝影機捕捉到了。在電視上播放的時候，想必會配上感人的背景音樂吧。

鬆開與樹木擁抱的教授，再次對周遭的人們露出笑容並握手。他的舉止簡直像政治人物，或許他有打算朝那方面前進也說不定。

教授發現到西茲少爺。畢竟在場只有他的穿著與眾不同，更別提他身邊還帶著一位小女孩跟一隻白色大狗。

他應該也跟附近的人們有過「那一位是誰？」「他是旅行者唷！我們剛剛跟他說了教授的故事呢。」諸如此類的對話吧。教授穿過人群，帶著攝影記者群走向我們。

然後教授與西茲少爺天南地北地聊了很多話題。周邊的人們，則站在一旁不打擾他們。

對話從「歡迎光臨，旅行者」，到行道樹的事情，西茲少爺也坦率地讚許教授的行動。教授在最後——

「國外一定有各式各樣的樹木呢。可是，這國家的樹木不多。因此往後我還想繼續守護下去。」

做了如此漂亮的總結。

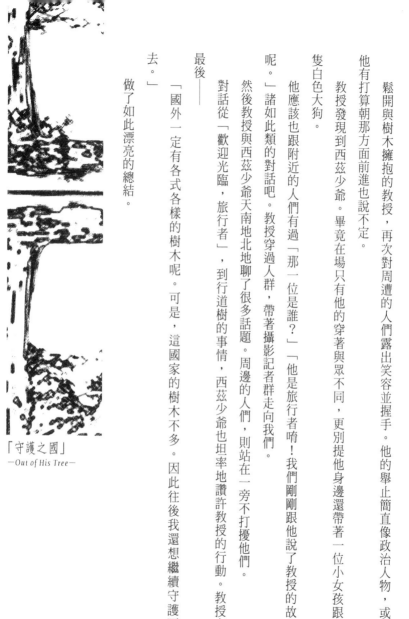

旅行者與守護行道樹的英雄邂逅——為了拍攝這樣的畫面，記者群一直黏在旁邊。

因為錄的畫面似乎已經夠節目播出，教授與電視台記者們便離開了。居民們也跟著離開我們身邊。

真的很慶幸教授並沒有把話題拋給跟蒂。因為蒂什麼話都不說，拍她也只會拍到不能用的畫面吧。如果是現場直播，將會是直播意外，真的好險。

「好了，我們差不多該走了。去吃什麼好吧，朝住宅區過去好像有餐廳。」

西茲少爺說道。

由於快到中午，因此太陽的位置變高了。看來我們花費相當長的時間看這些行道樹。

「蒂？」

西茲少爺語帶疑惑地喊蒂。我也看著她，只見蒂把上半身鑽進粗大樹根扭曲形成的空洞裡。是什麼東西掉了嗎？是找到什麼生物了嗎？只是想鑽進去嗎？

看到蒂充滿謎團的行動，我以自己的方式猜想，結果卻出乎意料。

我唯一想得到的是，幸好周遭沒有任何人在。要是她對受保護的樹木做些什麼，可不是件好事。

而且現在大家都瘋狂圍著教授團團轉，完全沒在看我們。

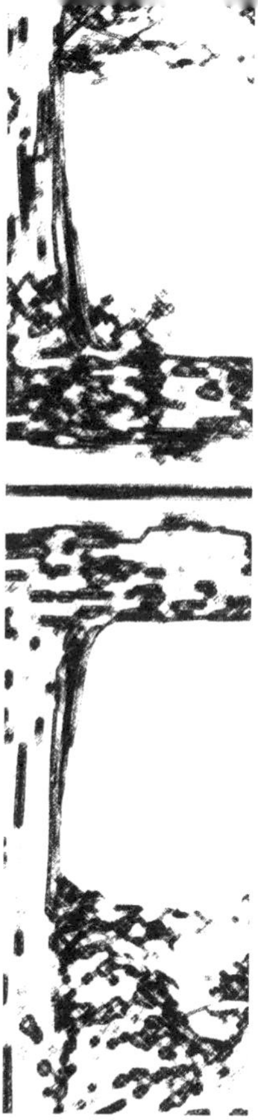

「蒂，那是大家很寶貝的樹木，千萬不能做傷害它的事喔。」

西茲少爺也那麼說，並且走向蒂。

「…………」

蒂好不容易從空洞鑽出來並站起身子。

她髒兮兮的右手裡，似乎握著什麼東西。

我知道那是什麼。

是手榴彈的「插硝」——是一旦拔出，再幾秒鐘後就會引爆的導火線。而那個，還是蒂持有的手榴彈之中破壞力最強大，還附有木柄的反坦克兩用手榴彈。

「唔！」

西茲少爺抱起嬌小的蒂，然後奮力往前衝。我隨後也跑起來。

其實蒂的行動，我們這一路上被她嚇過好幾次。

被她的記憶力，她的判斷力，還有行動力。

其中——這是排名前一、二名的荒唐行動。

老實說，這比西茲少爺被刺傷時更嚇人。

我們拚命跑了十公尺後，手榴彈爆炸了。

因為是在樹木形成的空洞深處爆炸，聲音並不是很大。話雖如此，卻已經足以讓在場所有人嚇死。

把蒂夾在腋下的西茲少爺回頭看，我也回頭看。

如果使用得當，甚至能破壞裝甲車的手榴彈，一面把大樹轟得往上飛，一面從內側讓樹根往外噴飛。碎片散落在周邊五公尺左右。

真的很慶幸四周並沒有人。不過既然是蒂，應該也是在了解爆炸威力的情況下才動手的吧。

根部有一半被炸掉的樹木，咯咯作響地開始傾倒。樹木往根部噴飛的方向傾斜，不久樹幹啪地發出巨響而應聲斷掉，然後完全倒在地上。

大樹倒得非常豪邁，倒在草地時還發出地鳴呢。枝葉也不斷飛舞。

樹木倒下的模樣，隔著樹木在對面的人們也都看得一清二楚。其中當然還包括教授，以及架著攝影機的記者。

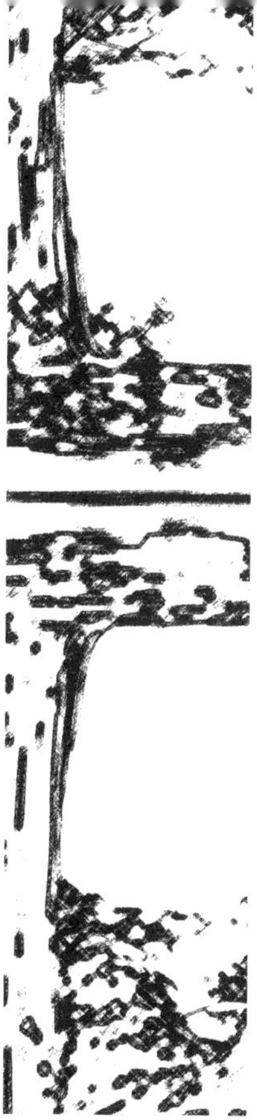

而他們的表情再也沒有比目瞪口呆更貼切的形容，這麼說雖然不妥，但確實很有趣。攝影記者真應該在這時候立刻回頭。

然而如此一來，我們就無法移居到這個國家了。只是，或許得在監牢裡待上一陣子呢。

「太順利了。」

站在西茲少爺旁邊的蒂，心滿意足地如此說道。

我發現蒂的爆破技術，磨練得愈來愈精進。也就是能用最低限度的爆炸威力，在不造成其他損害的情況下破壞構造物的能力。真是精湛的技術。

可是，現在不是讚美她的時候。

「蒂……為、為什麼這麼做？」

西茲少爺因為過度驚嚇，問起話來變得結結巴巴。

不過在蒂回答前，已經看到有人臉色驟變地跑過來。

不過，即使沒看見對方臉色劇變的瞬間也知道，他應該是來問我們幹了什麼才把樹弄倒。畢竟在這個國家，沒有任何人會想要弄倒這些行道樹。

他們正朝我們過來。他們在生氣。我們的所做所為任誰看到都會生氣。

西茲少爺的刀放在越野車上。我覺得我們最好趕快逃。而且要在蒂從包包裡拿出下一顆手榴彈出來以前。

蒂一扭動身體，就從西茲少爺的腋下掙脫。然後，我以為她要逃得遠遠的，想不到竟是走向倒下的樹木。

然後她比居民們先抵達樹木那裡，接著突然開始用雙手挖掘翻起的樹根底下的泥土，簡直像狗一樣。

「…………」

西茲少爺跟蒂一樣都沒說話，但最後他還是跑向不斷挖洞的蒂那裡。我也隨後跟上。

西茲少爺跟我跑向蒂拚命挖掘的地方。從對面過來的居民們與教授，幾乎跟我們同時到達。

我們一起承受眾人的怒罵。由於激動的罵聲幾乎異口同聲發出，根本就無法清楚分辨哪些話是什麼人罵的，但是可以確定沒半個人讚美我們。

「啊，不是啦，這是……那個……」

儘管西茲少爺想要解釋，但實際上連他都不曉得理由為何，所以也束手無策。

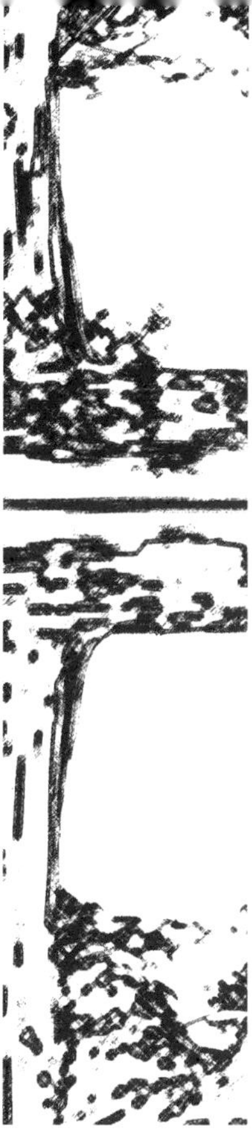

值得慶幸的是，那群歇斯底里大叫的居民們並沒有出手毆打我們。不過西茲少爺如果認真起來，就算是赤手空拳也不輸給他們。正因為如此，我們的立場變得更糟糕。

正當我想這些事情的時候——

「哇啊啊啊啊啊啊啊啊啊啊啊啊啊啊啊啊啊！」

一名男子像發瘋似的大叫，還一把揪起蒂。

根本就不用說是誰，那個人正是教授。

這些是他豁出性命守護至今的行道樹。如果用永遠無法重生的方式把樹弄倒，就算是只有一棵，他會像那樣瘋了似的生氣也不足為奇。

教授在西茲少爺出手前，就揪住拚命挖泥土的蒂的脖子，再用力把她拉開。輕盈的蒂被拉出來後，宛如在半空中飛翔，最後背部摔落在草地上。

她那副模樣，被在場的攝影機清楚捕捉。

『瘋狂少女野蠻的行為！樹木被炸毀，教授正義的怒氣爆發！』

我腦海隨即浮現出這類標語在播放畫面上不斷循環的樣子。

「找到了！」

連我都過了好一陣子，才聽出這清晰高亢的聲音是來自蒂。

西茲少爺、我、教授、居民們，還有攝影記者們，全都看著仰躺在草地上的蒂。

蒂在她那被泥土弄髒的右手裡，高舉著某樣物體。

只要是人類，都分辨得出那是什麼。

雖然沒看過，但畢竟每個人「都擁有」那個，就在自己體內。

是骷髏。

原本鬧哄哄的世界，一瞬間變得寂靜無聲。

那也難怪。

因為剛才挖掘樹根的少女所找到的物體，竟然是人類的頭蓋骨。

那是小孩子的頭蓋骨。尺寸明顯很小，就跟現在的蒂差不多大小。還沾滿了黑色泥土。

原來如此，結果是這麼回事啊。我，終於明白了。

大約四秒鐘的寂靜被劃破。

「蒂……那是什麼？」

西茲少爺問道，蒂回答他：

「是頭的骨頭。」

嗯，這看也知道。

「沒錯，是人類的頭蓋骨呢。那是在哪裡找到的？」

「樹的、下面。」

這個嘛，的確沒錯。而西茲少爺，肯定也是在原本就明白的情況下才提問。西茲少爺也跟我一樣，已經清楚理解了。

當著電視台的攝影機、眾多的居民，以及教授的面——

理解這是怎麼回事的西茲少爺，更進一步問道：

「這是誰的骨頭？而且為什麼，會埋在這棵樹下呢？」

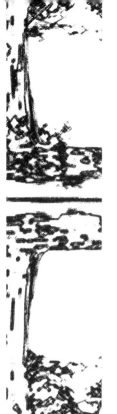

爆炸風波過了二天後的傍晚。

「請問！妳是旅行者蒂法娜對吧！我在電視上看過妳好幾次！結果本尊可愛得多呢！」

一名年輕男子，走近坐在越野車副駕駛座的蒂。他是背著步槍的衛兵。

越野車停下來的這個地方，是我們在五天前懷抱希望穿過的城門內側。

然後接下來，西茲少爺則抱持複雜的心情，準備穿過城門到境外。而對我來說，無法定居在這個國家其實也無所謂。

「…………」

我想一直沉默不說話的蒂，應該也覺得無所謂吧。

照理說這位年輕衛兵最好回到檢查哨，打電話跟長官做再次確認。

「哎呀~當時妳那名偵探模樣真教我感動！實在太帥了！」

但是他把工作拋到腦後，毫不隱藏自己熱烈的視線，已經完全成為蒂的粉絲。現在的蒂，宛如偶像一般。

此時那位年紀與階級都在之上的長官衛兵回來了。出境手術已經辦妥，再來只要等城門打開後出國而已。

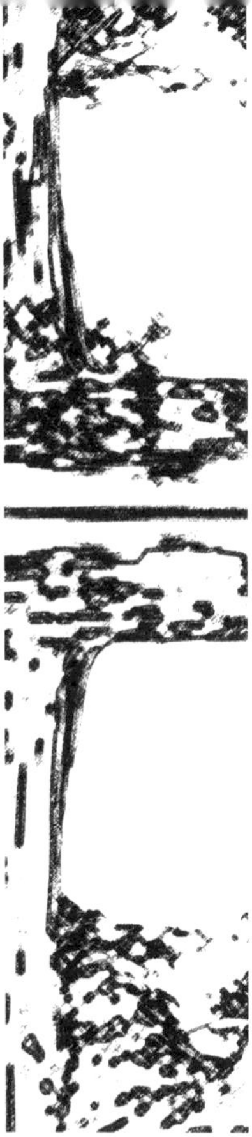

「旅行者，等一下好像還有新聞特輯，要不要在檢查哨看呢？」

連這名衛兵都說出那種話。

「謝謝，不用了……我已經看過好幾次了。」

在駕駛座的西茲少爺，有如洩氣的氣球般如此回答。

那也難怪。

畢竟從前天的白天到剛剛不久前，也就是說到今天白天為止，電視台就不斷播放西茲少爺跟我，更重要的是蒂的臉。

蒂難得講一長串的話——

「因為，那個人，把樹的新芽，踩在腳底下。他把新生命，踩在腳底下。如果他，真的喜歡這棵樹，就絕對不會，做那種事情。」

在電視上播放了好幾百次。

接下來即將開始的特別節目會是怎樣的內容，不用看大概也知道。

首先節目一開始會播出這種敷衍的字幕。

「本節目接下來將播出非常暴力的畫面，與人類遺骸的畫面，但是有鑑於事件的重大性而照實播出。家中若有孩童還請家長注意。」

接下來，應該就會播出目前在警察醫院的「教授」，如野獸般襲擊一手拿著骷髏的蒂的那副模樣吧。

還有他被西茲少爺拉開，手臂被反手扣住無法動彈的模樣。

由於警察被爆炸聲引來，所以大批警察迅速蜂擁而來的畫面，也被電視台完全錄下來。

鑑識人員針對蒂炸倒的樹根繼續往下挖，陸陸續續挖出人骨。從手臂到腳部到胸部，挖出來的幾乎是整副人骨。

在這個國家，習慣幫孩子戴上防止走失的金屬製名牌。而在骸骨裡找到那個名牌，也判別出孩子的名字。

即將屆滿退休年資的刑警，迅速地下了決定。

他把在附近開發住宅用地的重機具調過來，不由分說就下令將所有行道樹連根拔起。

雖然支持者中有少數人持反對意見，而且嚴格說來，那名刑警的行為已經越權，不過他卻還是硬幹到底。

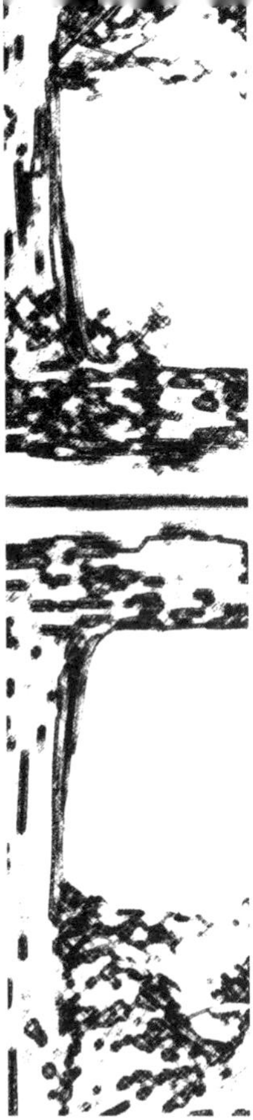

然後從每棵陸陸續續拔起的行道樹根部，至少會發現到一具，最多是三具的人骨。

數量總計有三十一具。

對這樣的結果，西茲少爺跟我都很訝異。

因為我們原以為遭男子殺害，假借進行作業而埋在樹下的——「只有教授失蹤的家人」而已。

昨天我們幾乎都待在警局協助搜查，但那位刑警告訴我們這件事。

他說自己還是個年輕氣盛的刑警時，曾經負責偵辦某起案件。那是大約三十五年前，發生在這個國家的兒童連續失蹤案。

在國家偌大的範圍內，原本獨自玩耍的孩子忽然消失不見。至於人數，其實有二十人以上。

他們大多數就從此不見蹤影。但由於有幾個人，會在附近的沼澤或河川發現他們的浮屍，所以眾人就推斷其他孩子的失蹤也是出了什麼意外。

結果那些孩子的死，全都是那名「教授」的罪行。男子綁架孩子後，會狠狠虐待過他們再予以殺害。

鑑識人員截至昨天調查過的骨頭，殘留了生前加諸的可怕痕跡。甚至還發現到被折斷的指骨或肋骨，以及被好幾根短鐵釘刺入的頭蓋骨。

教授抓走小孩後凌虐過再殺害他們，然後把遺體藏在住家的地下室。

然後三十年前，他假借要進行植樹工程，把遺體混進肥料袋裡埋起來。至於他下落不明的家人，也是被他親手殺害。因為家人察覺他的犯罪行為，就順便被一起處理掉。

接著男子逍遙自在地生活二十年之後——

然後距今十年前，他從新聞上得知行道樹將要被砍伐，那個地方將被挖掘。

於是，他拚命守護那些行道樹。豁出自己的人生守護。

把細節鉅細靡遺地報導過後，特別節目的最後，應該是用電視攝影機捕捉到的衝擊性畫面做結吧。

那是男子在傍晚被帶到警局時，所發生的事情。

直到中午前原本很崇拜男子，還「教授！教授！」地喊的一對剛上了年紀的夫妻，推開警官隊攻擊他的畫面。

用可怕力量從警官隊手上擄走男子的這對夫妻，不怕弄斷自己指骨地拚命毆打他的臉。

他們之所以如此施暴還不斷大叫，可能是從樹下的骨頭與名牌找到兩人的孩子吧。

至於「教授」則是花了很長一段時間，才有辦法再次說話。

「好了，我們走吧。」

城牆完全打開了，西茲少爺發動越野車的引擎。

「這樣真的好嗎？我國希望西茲先生與英雄蒂妹妹能夠永遠住下來耶。」

聽到衛兵的話，西茲少爺搖搖頭說：

「原本我想定居在這裡的意願就不大。」

我感覺已經好久沒聽到西茲少爺說謊了。

然後越野車開始行進。

第五話
「無法戰鬥之國」
—Wise Men's Forecast—

第五話「無法戰鬥之國」

—Wise Men's Forecast—

在下著傾盆大雨的森林裡，一輛摩托車以不輸給雨聲的聲音大叫：

「奇諾——！妳醒了嗎——？」

這場暴雨大到用「幾乎把水桶打翻」這句話都不足以形容。

讓人不禁懷疑是不是老天爺降下瀑布的大量雨滴，持續敲打著枝葉與大地。那聲音宛如地鳴般響徹四周。

那裡是巨木形成的森林，針葉樹以高密度聳立著。明明是白天，卻像夜晚般黑暗。

摩托車以側腳架立在樹木旁邊。為了防止腳架陷入潮濕的泥土裡，車體下方有好幾根粗樹枝充當支柱。

而距離摩托車不遠的大樹下，有一個三角錐狀的小帳篷。從樹枝落下來的豆大雨滴，啪答啪答地持續敲打帳篷的帆布。

從那個帳篷裡面——

「我醒了唷——！漢密斯。」

叫做奇諾的年輕人，她回應的聲音好不容易才沒被雨聲蓋住。叫做漢密斯的摩托車則說：

「那真是太好了！我覺得有點閒耶！總之就是閒閒沒事做！」

「其實我也是啊。」

「真羨慕奇諾！妳只要躺下來睡覺就可以！」

「漢密斯也可以睡覺啊。」

「可是那樣的話，我晚上就會睡不著了！反正就算是好天氣，妳晚上也不會騎車吧？」

「那是當然囉。安啦，明天會是好天氣。如此一來，就能入境距離最近的國家，好好沖個澡呢。」

「奇諾，妳昨天曾說過一模一樣的話，還記得嗎？」

「嗯？有嗎？」

「有啊！然後大前天也是！我們已經在這裡避了三天雨囉？都要生根了啦！」

「明天就會放晴了啦。『想必一大早就是個大晴天，風勢減弱，是個雲淡風清的日子』。」
「氣象報告跟單純的期望，可是截然不同的喔，奇諾。」
「嗯。可是，我希望把事情往好的方向想。」
「是喔。」
「順便先說一下好了。根據商人提供的情報，這座森林的前方，在偏狹小的範圍內，好像有六個國家。聽說全部都是王國。」
「這樣啊。」
「就整體而言，它們的科技發展狀況緩慢，至今無論哪個國家好像都沒有電。就連武器也是，用的並不是說服者，而是弓箭、劍跟矛。」
「這樣啊——那麼，沒有燃料的話就傷腦筋耶！奇諾！」
「關於那點你可以放心，聽說商人在那些國家有批一些販賣用的，否則，旅行者或做小生意的商人無法四處往返呢。」
「那就好。可是，我覺得有點怪怪的耶。」
「咦？什麼怪怪的？」
「既然每個國家距離那麼近，照理說應該會跟其他國家發生戰爭吧。」

「這個嘛，我不敢說絕對會發生戰爭，但應該很容易發生呢。所謂的國家間，通常關係都不太好。正因為關係交惡，才會分別成為不同國家存活。」

「然後，因為想贏得與敵人的勝負，才會想拚命開發武器，若無法開發武器，就轉而找商人購入強力的武器，或是得到相關的軍事技術。」

「這個嘛，的確是呢。」

「於是，科技的發展速度當然會出現差異，但水準卻逐漸確實提高。然而那個國家到現在都還停滯在沒有電的狀況，真的有點怪怪的。」

「嗯……那麼，那些事等入境以後再問問看吧。還有，商人也這麼說過。他說會看到在其他地方看不到的有趣事物，造訪那些國家的時候務必隨時注意天空。還說我們一定會大吃一驚的。」

「天空？不太懂他的意思耶。」

「我也不懂啊。會不會是有什麼大鳥在天上飛啊？」

「如果是那個就沒什麼稀奇吧？奇諾也遇過試圖把妳抓走的大鳥啊，雖然後來妳開槍射殺牠，

還把牠給吃了。」

「是啊……既然把牠殺了，也必須負起責任把牠吃掉，不過還真不太好吃呢。」

「我覺得如果讓一流主廚來烹飪的話，應該會很可口。先不說那個了，我猜一定是魚！一定是魚在這地方的天空飛！如果是魚，應該會很吃驚吧？」

「嗯。要是騎漢密斯的時候看到，我搞不好會嚇到摔車呢～」

「太危險了！妳不要看！」

「果然還是得專心看地面呢。入境以後，我想吃點什麼美食。」

「在那以前應該先淋浴吧？現在的奇諾，全身髒兮兮喔。」

「確實如此。」

這是隔天發生的事。

奔馳在極為晴朗，可是道路卻泥濘不堪的草原，奇諾與漢密斯抵達了某個國家。

雖然沒小到足以稱為小國，但也沒遼闊到能稱為大國。而且跟事前所得到的資訊一樣，科技發展的步調緩慢，站崗的衛兵手上拿的並不是說服者，而是長長的矛。

當奇諾以休息與觀光為理由，提出入境三天的要求時，該國也提出要她把手上的說服者全數繳出保管的條件。
「這個嘛～這麼做也對。要是讓空腹的奇諾雙手拿著說服者發飆，那可就糟了呢。」
「我才不會發飆呢。」
奇諾答應條件，然後把被稱為「卡農」的左輪手槍，以及被稱為「森之人」的自動式掌中說服者，連同彈藥都交給衛兵保管。奇諾當場把它們分解，但唯獨帶走射擊時絕對必要的零件。
然後漢密斯，因為國內禁止引擎動力的交通工具奔走，雖然允許它入境，但停留這三天期間必須僱用搭載漢密斯的馬車與馬夫。
「這簡直是國賓的待遇呢！」
入境的奇諾與漢密斯，開始搭乘馬車移動。
他們緩緩在有著廣闊農田與磚瓦屋櫛比鱗次的國內，還有紅磚鋪成的道路上邁進。
雙馬車的載貨台上載著潑過水變乾淨許多的漢密斯，而且被繩索固定住，奇諾則是坐在他旁邊的椅子上。至於他們上方，則安裝了用來遮蔽陽光的布篷。

馬夫有兩名，均是打扮整齊又健壯的男子。服裝樸素的國民們，因為感到很稀罕而聚集過來看漢密斯。

「好了好了！快閃開！旅行者要通過！」

「你們不要對客人沒有禮貌！」

兩名馬夫偶爾會凶巴巴地趕人。漢密斯小聲地說「感覺好像國王喔」。

此時其中一名馬夫回頭對奇諾說：

「旅行者，如果沒有身體特別不舒服的狀況，希望妳能空出明天上午的時間。因為國王陛下習慣跟造訪我國的人們打聲招呼。」

「知道了。沒問題，我會空出時間。」

「今天已經很晚了，那我們就直接送你們到飯店。明天早上，等妳用完早餐，我們會過來接你們。在那以前，請好好休息以消除旅途的疲勞。」

「謝謝你們。不過我有個問題想請教。」

「什麼問題？」

「這個國家，有淋浴設備嗎？」

隔天，奇諾伴隨黎明一起醒來。

她打開木製窗戶，外面罩著淡淡的晨霧。雖然太陽還沒升起，但已經看得到居民們準備務農的身影。

奇諾脫掉客房準備的睡衣，換上平常的黑長褲與白襯衫。

然後準備進行每天早上的「卡農」拔槍練習。

「啊，話說回來已經交給衛兵保管了……」

結果沒能夠練習，於是奇諾開始洗襯衫。

吃完早餐後。奇諾與漢密斯在秋高氣爽的晴空下，搭著馬車一路搖晃到王宮。

在房屋密集的國家中心處，矗立著規模格外龐大的磚造宮殿。奇諾與漢密斯看過不少比宮殿還要大的建築物，對他們來說這宮座殿顯得可愛許多，但它卻是這國家最大的建築。

馬車從正門進入後便穿過庭園，又穿過好幾道站了護衛的拱門，然後終於抵達中央的建築物前

方。

奇諾推著漢密斯從身穿威風凜凜的鎧甲，佩帶長劍的士兵之間慢慢前進。他們被帶到謁見大廳。

這裡的空間在其他國家的話，只有學校教室那麼大，不過以這棟建築來說是很寬敞的房間。牆壁的紅磚經過打磨，窗戶鑲嵌了其他房屋看不到的彩繪玻璃，地板的顏色也渲染得非常鮮豔。

奇諾用主腳架讓漢密斯穩穩立起來，自己則蹲了下來。因為有交待她不必低著頭，所以她就只是蹲著等候，然後這國家的國王便帶著隨從現身。

國王看起來大約五十歲，個子非常高大，而且是體格比任何人都健壯的壯漢。滿是皺紋且粗線條的臉孔，長了看起來很豪邁的鬍子。

有著波浪般長髮的頭上，戴著應該是代代繼承的黃金王冠，因為男子的頭很大，致使王冠看起來就像是袖珍模型。

「嗯！這次的旅行者真的很年輕呢！歡迎來到我國！妳叫什麼名字？」

穩穩地坐在國王專用椅的國王，因為身體龐大，說話的聲音也很響亮。

「我叫做奇諾，國王陛下。這是我旅行的搭檔，他叫做漢密斯。」

奇諾慎重地回答。

「抱歉打擾了！國王！」

漢密斯用他的方式恭敬回答，但實際上算是相當失禮，不過國王似乎完全沒放在心上，然後詢問奇諾許多有關旅行的事情。

奇諾——然而有時是漢密斯——回答著國王的問題。他們把截至目前為止體驗過的國家，全都一五一十和盤托出。

喜歡聊天的國王愈聊愈起勁，最後想必是謁見室的地板硬梆梆，才讓奇諾感到疲勞吧，於是國王在王宮的露台準備了桌椅，甚至還請她喝茶。

對話好一陣子後，聽了許多故事的國王反問奇諾。

「奇諾，想不到妳這麼年輕，竟過著相當波瀾萬丈的人生呢！為了犒賞妳告訴我這些事，如果有什麼想問的事情，我都會回答！」

「那麼，我就不客氣了！聽說這附近有六個國家，請問你們之間的關係如何？」

問這問題的並不是奇諾而是漢密斯，但國王也毫不在意地回答：

「嗯。有時候不錯，有時候很糟。以前還數度交鋒過。」

「原來如此，那現在呢？」

「嗯。那真是個非常好的問題呢！我認為你們聽到的答案，將有趣到不輸給你們說的故事喔。」

「這麼說……？」

「這麼說？」

國王回答了奇諾與漢密斯的問題。

「我們的關係非常糟糕。無論哪個國家，都想滅了對方的皇家，希望親手把住在那個國家的國民引至正道。可是，每個國家都無法戰爭！」

「您是說？——無法戰爭……？」

「是什麼意思？」

「那個理由，你們馬上就看得到了。請拭目以待！」

「看得到理由？」

「是什麼意思？」

「你們看！就是那個！」

國王一面大喊，一面舉起粗壯手臂往前指的，是位於露台上方與前方的天空。在那蔚藍寬廣的空間裡，飄浮著一個小點。

剛開始看起來像是甲蟲在飛的黑點，立刻變得愈來愈大。

黑點不久變成一個形體。原本因為光線問題導致看起來是黑色的，實際上它是白色的，而且還呈橢圓形。

該形體明顯朝奇諾他們所在的方向靠近，在僅僅幾十秒的時間，只見它變得愈來愈大。

它行進的路線似乎有些偏離，所以看到的不光是正面，連側面的模樣也看得到。雖然距離看起來還相當遠，但形體已經相當龐大了。

那是人工產物，從側面看得到機械性的模樣。橢圓形主體上半部像鏡子般光亮，蔚藍的天空還倒映在上面。下半部有著像電風扇一樣的螺旋槳，還看得到收納螺旋槳的圓筒。

飄浮在天空，宛如巨型雪茄的機械集合體。那是——

「是飛行船呢。」

漢密斯說出答案。奇諾則是發出驚叫。

「飛行船……那就是飛行船啊……我頭一次看到呢……」

「是嗎，不愧是摩托車，其他學識淵博的商人也那麼說呢。換句話說那是讓人類在天空飛翔的船舶，在那肥胖的肚子裡，裝滿比空氣還要輕的氣體。」

國王也知道那到底是什麼，所以開心地說道。

飛行船愈來愈接近，看起來就像是巨大的白魚。它在王宮的上方，以相當快的速度幾乎無聲通過。

奇諾目送飛行至建築物後面的飛行船，直到再也看不見時，把視線轉回國王身上。

「真的，太令人訝異了……要是我在騎漢密斯的時候看到，或許會摔車呢。」

「嗯，對吧！對吧！」

國王簡直像自己立下功勞般說道。

「那就是您說無法戰爭的理由啊？」

「嗯！」

表情豐富的國王，突然露出不悅的表情。

「我們稱那個為『災厄的白魚』。不過，大多時候都只叫它『魚』而已。實際上是令人忌諱的存在。」

然後國王，開始敘述關於「魚」的事。

「那條魚在這個國家，還有周遭的國家上空不斷盤旋，是二百零三年前的事情。」

「二百零三年，是嗎……」

「那可真是非常久遠了呢。」

「是七代前的國王的時代呢。某天突然出現的魚，不僅讓我國，連其他五個國家都嚇得發抖。任誰都認為是其他國家的新武器。六個國家逼不得已派快馬交換情報，卻發現那並非其中哪個國家的新武器。這下子所有國家真的害怕起來，也完全找不出理由隱瞞那種事情。」

「原來如此……」

「畢竟有那麼先進的技術，要毀滅其他國家應該是輕而易舉的事。只要從上方不斷拋東西下來，就可以展開攻擊。不如說，就算它沒發動攻擊，只要放話『誰敢不聽話我就發動攻擊』就ＯＫ了，大家都會乖乖投降。」

「嗯。然後剩下的可能性，就是遠方完全不相干的其他國家派來的。而我們的祖先應該非常害怕吧。因為跟科技的先進程度遠超過我方的其他國家戰鬥，根本就毫無勝算。」

「的確，一點也沒錯呢。」

「可是，所有國家至今仍存在，這表示應該不是來宣戰吧？」

「沒錯，魚的目的並不是來戰鬥。在各國上方四處飛行的魚，在國家的郊區，空拋附有顯眼風牖的小圓筒。衛兵撿起來調查裡面的內容，發現裡面有封字跡非常工整的信。上面還標示了『請轉送國家代表人』，於是就送到國王那兒了。我們祖先還有其他各國的國王，在看了那封信之後全都啞口無言。」

「那上面，寫些什麼？」「那上面，寫了什麼？」

「你們很想知道吧，很想知道吧！那上面寫了類似這種意思的文字——『敬告居住此地汝等全員，若展開無謂戰爭將毀滅眾生。若刀戎相見也將毀滅眾生。吾等乃來自天上監視和平者』。」

「意思也就是說……你們這些國家一旦發動戰爭，那艘飛行船將發動武力懲罰你們嗎？」

對於奇諾的詢問，國王點頭說「沒錯」。

「『毀滅』一詞，聽起來很聳動呢，衝突雙方都必須受到懲罰，真是很粗暴的做法。」

漢密斯說道。國王又繼續說下去。

「包括其他也收到內容完全相同的信的國家，在逼不得已的情況下，便在不隸屬於任何國家的草原，舉辦『第一回六國協議』，接著當時的國王互相討論因應措施。就漫長的歷史來看，六個國家的國王像這樣直接討論，還是頭一遭呢。然後議論到最後出現結論，而且是『除此之外無選擇餘地的結論』。」

國王露出不甘心的表情說道。奇諾回應：

「結論是不得再干涉其他國家的事務，也就是不得開戰嗎？」

「是的。這真的讓人很難過，對方這樣子從上空監視，即使我國擁有再多勇猛果敢的騎士團，也束手無策。把周邊國家納入統治、擴大領土是我們務必實現的願望，但為此不僅讓自家士兵，連國民都被殺死就太不划算了。所謂戰爭，必須有戰勝的自信，而且容許為獲利所做的犧牲合乎道理，才第一次能發動。」

「原來如此。」

「然後就過了二百零三年？那麼，這段期間那艘飛行船一直……不是，那隻魚真的不眠不休地監視你們？」

「是的。我們歷代偉大的國王們，原以為那個在天空飛行的機械，就算擁有遠超過我們的技術，但時間久了終究會損壞吧。而且，搭乘的人類也應該會死心離開。因此覺得大家耐住性子等那一天到來就好。」

「可是，結果並沒有像當初預估的……」

「畢竟它持續在天上飛行呢。」

「沒錯！魚在這二百零三年間都以五天半的固定間隔，在所有國家的上空悠然繞行。無論天候如何，它那畫著圓環的行進路線與時間，都不曾失誤過。雖然不曉得是什麼人坐在裡面操控，但真的是很一絲不苟的傢伙呢……當我從先王那兒繼承這國家時，也發誓當那隻魚消失不見的那刻，就是我們攻打鄰國之時，可是……」

國王相當煩悶地說完後，突然露出微笑盯著奇諾的臉看。被國王龐大的身體逼近的奇諾──

「怎、怎麼了嗎……？」

一面後退一面反問。

「我擬定了一個假說！那就是，那條魚，除了飛行以外沒有其他功能！」

「哦！所以說？」

漢密斯問道，國王開心地回答：

「換言之，它早就沒有滅亡國家的能力！只要能夠證明假說屬實，就可以不用理會那條魚，毫無顧慮地開戰。」

「話是沒錯，可是那要怎麼確認呢？如果是嘗試發動戰爭，風險未免太大了吧？」

「那是當然。如此一來，或許只有直接進去一探究竟了。」

「什麼？要怎麼進去？找誰進去？」

漢密斯一再重覆提問，奇諾也一臉狐疑地看著國王。

「那條魚繞行六個國家的上空一圈的期間，一定會降落在不隸屬於任何國家的巨大湖泊。而且會待在那裡一段時間都不動，過半天後才再浮上來。我認為那可能是搭乘者在補給水份。」

「原來如此，意思是可以趁那個時候進入吧。可是，這國家或其他國家的人一旦兵戎相向，不是會被毀滅嗎？就算是靠近它，也不可能讓你們進去吧？」

「沒錯！可是，如果不是『這六個國家的人』，又會如何呢？」

看著邊笑邊說這些話的國王，奇諾回應：

「如果是我這個『外人』，至少有可能進得去，對吧……」

「沒錯！妳這麼明事理，真是幫了我大忙啊！——旅行者奇諾呀！我以國王之名命令妳，進去魚裡面豁出性命偵察坐在裡面的那些人，是否仍照他們所宣言的在監視我們！當然，如果妳平安生還，將會頒發相對的獎勵給妳！」

「哇～太強人所難了吧～如果奇諾拒絕呢？要送她上斷頭台嗎？」

「怎麼可能，我可不是惡魔。不會要她的命！隨隨便便就砍人民或客人的頭，那可沒資格當國王！」

「那我就放心了。奇諾，國王說可以不用勉強去喔。」

「沒錯。不過我會把妳旅行用的摩托車，當做應繳的稅金沒收，改送一匹馬給妳。」

「奇諾，妳還是去吧，不如說快點去。」

隔天，也就是奇諾入境的第三天早上。

「總覺得事情發展得好奇怪喔……」

「這個嘛，妳也知道這是國王的命令，不得不服從啊。」

「問題是他用那種態度問耶……」

奇諾與漢密斯乘坐豪華馬車，來到西側城門內側。附近有國王搭乘的更豪華的馬車，馬車四周有數十名騎的騎士，手持長矛嚴陣以待。還有步兵團，以及裝有補給物資的馬車在一旁待命。

然後有許多居民，十層二十層地將那人數龐大的團隊圍起來，而且不斷大叫：

「旅行者！拜託妳了唷！」

「請妳要仔細偵察喔！」

「陛下！魚如果死了的話，就請您快點打倒鄰國喔！」

「騎士團也加油喔！」

聽著這群熱情居民的叫聲——

「奇諾，照這情形看來，妳責任相當重大耶？」

漢密斯小聲說道。

「一點也沒錯。既然放棄漢密斯就能了事，或許我逕自逃走還比較輕鬆。」

「妳又來了，又講這種口是心非的話。」

然後，城門漸漸打開。

一行人聲勢浩大地行進在草原的道路上。

奇諾與漢密斯則閒閒沒事做，只是隨著馬車悠閒搖晃。得知到目標的湖泊，需要花兩天的時間，漢密斯不禁開始抱怨：

「讓我下去跑的話，只要半天就到了！」

「他們覺得我們會逃走喔。」

奇諾說道，漢密斯則問說：

「因為我們的確會逃吧？」

「嗯。」

那天晚上，奇諾分配到一個氣派的帳篷。

周圍有武裝的士兵們守衛，晚餐則是跟國王與他的臣子們一起享用豪華的全餐。

回到帳篷的奇諾，輕聲跟漢密斯說：

「這下子，我不能不工作了。」

「妳到底是吃了多豐盛的佳餚啊！奇諾。」

出國二天後的傍晚，一行人抵達大湖的湖畔。

那一座湖大到看不見對岸，遙望無際的豐沛湖水，倒映著被夕陽染紅的天空。

這附近並沒有國家。根據國王的說法，這座湖連一隻魚都沒有，所以沒有發展漁業。如果這裡能捕到大量的魚，應該早就被納入某個國家的領土了。

「奇諾啊！明天就看妳的了！」

「奇諾，要逃的話就趁現在喔？」

「好了，今晚會款待我吃什麼呢？」

「啊，沒救了。」

隔天，也就是出了國第三天的早上。

太陽從遠方的稜線逐漸攀升，天空染成一片蔚藍，今天仍是秋高氣爽的好天氣，看不到半片雲朵。

最後從絢爛照耀世界的太陽中，黑點出現了。是那條魚——或者該稱為飛行船。

「嗯，果然跟往常一樣。」

在湖畔設好陣地，國王坐在豪華的椅子上，雙手叉在胸前說道。

湖畔漂浮著一艘小船。

那是用馬車從國內運來這裡的小船，是把原木刨空成人可乘坐，為了防止翻覆還從左側延伸出木棒，上面安裝了另一艘更小型的船。船裡面有划船用的槳，連同備用的共有兩支。

奇諾穿著平時那件黑色夾克，然後坐進那艘船裡。身上並沒有攜帶任何武器。

「奇諾！加油喔！」

聽到漢密斯從馬車上出聲加油，奇諾則是輕輕揮手回應。

就在那一剎那，巨大黑影把奇諾的腳邊團團包圍。那是不斷接近的飛行船，正把太陽完全遮住的瞬間。

飛行船緩緩降低速度與高度。此時可清楚看見白色船體的細節，但到處都看不到搭乘者的蹤跡。

圓筒包覆的推進螺旋槳發出低沉的聲音，同時飛行船從奇諾與漢密斯，還有國王與他的臣子們頭上通過。

過去從未這麼近距離看的那艘飛行船，大得非常嚇人。以它的大小要是掉下來，恐怕整座王宮都會直接被壓扁。

「那與其說是魚，我看根本是鯨魚呢。」

漢密斯說道。

巨大物體朝湖面前進，最後停下來。然後真的慢慢往下降，它戰戰兢兢且慎重地降落在湖面，幾乎沒有掀起波浪。

當飛行船停止動作時，奇諾便拿起木槳。

「那麼，過去吧……」

在國王與漢密斯，以及除此之外的男子們注視下——

「好久沒划船了，只希望我沒忘記怎麼划。」

奇諾的槳尖碰了水。然後，她開始動起雙臂。

她划著船好一陣子。

果真如國王說的，飛行船在中午以前不會離開這座湖，因此奇諾眼前的飛行船連動都沒動，宛如一般船似的浮在水面上。

隨著距離的縮短，更能清楚看到飛行船的細節。

它的上半部像鏡面般發亮，但仔細看其實是像玻璃般透明。裡面儘是縱橫交錯的細線。

此時奇諾想起出境前跟漢密斯在旅館的對話。

「那艘船身的上半部，是太陽能板喔。妳還記得嗎？就是把陽光轉變成電的便利裝置。在我們之前去過的某個國家，不是看到家家戶戶的屋頂跟城牆外側，都貼了滿滿的嗎？既然飛行船能在雲層上方飛行，照理說耗電量應該很大。所以要靠那些電發動馬達，也就是轉動螺旋槳。」

「原來如此……不愧是漢密斯。像我就根本沒概念。」

「哎呀~妳這話倒是很中肯呢。還有啊，它之所以定期在湖裡取水，大概是為了用電解的方式取出氫氣。這我以前也說過吧？就是在水裡通電，把氧氣與氫氣離解的方法。氫氣當然是當浮力使用，還可以液化之後儲存。夜間讓它跟空氣中的氧氣反應，以有別於剛才的方式產生電流。如此一來，就能夠日夜不停地持續飛行二百年以上喔。雖然是了不起的技術，但就我們一路見識過的國家中，也有國家能夠製造出來吧？」

「的確沒錯。」

「好了，接下來是最重要的部分。那艘飛行船就構造上來說，是能夠半永久性持續飛行的機器，但搭乘的人類就無法撐那麼久了。撇開水不說，食物根本就無法補給。如果能捕魚的話，倒還有些可能性。既然如此，那麼關於那艘飛行船所導出來的結論只有一項。妳應該知道是什麼吧？奇諾。」

「雖然不知道剛開始是怎麼樣，但現在的話，已經沒人在裡面了……」

「正確答案！國王一直認為某人拚命在操控它，不過靠自動駕駛就綽綽有餘了喔。所以，就算想跟裡面的人說話也沒用。照理說只要從外面說話，那台機器就會回答囉。」

速度雖然緩慢，不過奇諾的船確實持續前進，不久終於進入飛行船船體的影子範圍。

「好大喔……」

奇諾抬頭往上看，船體擋住的天空，宛如被覆蓋似的幾乎看不見。

她保留一點點距離後，就停住划船的手。船隨著慣性稍微前進一些，不久就停下來了。

奇諾深深吸了口氣。

「對不起！我有問題想請問你！」

她彷彿造訪某人住處似的詢問，過沒多久——

『是的，有什麼問題嗎？』

一道冷靜，但不是人類，聽起來毫無感情的聲音回應了。

奇諾詢問：

「我覺得你應該不是人類，請問，你是誰？」

那個機器回答：

『是的。我是——』

那天中午，就在太陽剛好移動到天空最高的位置時。

奇諾划的船接近出發時的湖畔後，有另一艘船上前迎接她。

船上有兩個人。一位是腰部佩戴長劍的國王本人，而划船的另一個人，是士兵打扮的年輕男子。

當船接近到聽得見聲音的距離，奇諾向對方搭話。

「這太令人訝異了，想不到陛下會親自來迎接我。」

「沒什麼，我只是想快點聽到好消息而已。」

奇諾停住划船的手，兩艘船隔著很短的距離停了下來。

「那麼，結果怎麼樣？妳跟操縱那部機器的人們說到話了嗎？」

對於國王的詢問——

「說到話了。而且，我也成功提問了，也聽到答案。」

奇諾如此回答。國王的兩隻眼睛，睜圓到前所未有地大。

「喔喔！然後，結果如何？」

「在那之前，我要說的事情讓那位槳手聽到沒關係嗎？我認為陛下特地親自出馬，應該是不希望讓臣子聽到吧？」

「真是個機靈的傢伙。可是沒關係，這傢伙雖然目前是一名菜鳥士兵，不過是我兒子。」

當國王這麼說，那名年輕人，也就是王子，便輕輕點頭跟奇諾打招呼。只不過，他可能知道負責說話的是自己的父王，所以完全沒開口說話。

「我了解了……初次見面，殿下。那麼，我要報告了。」

「嗯。」

奇諾確實凝視國王的雙眼睛說道：

「搭乘那台機器的人們，他們到現在的意志、能力都跟二百零三年前一樣，完全沒有改變。如果，其中一個國家試圖發動戰爭，就會毫不留情地予以懲罰。」

「…………」

國王豪邁長相的嘴巴半張開，兩隻眼睛睜得像球一樣圓。

「妳、妳說什麼……」

「您相當吃驚對吧？雖然假說沒能成立，但您應該也早就預料到了吧？」

「…………」

國王，把右手伸向左腰。在那兒的，是一把大劍。

「妳……依我看，妳知道了吧？而且早就察覺到了吧……？」

面對邊笑邊把手伸向劍柄的國王，奇諾誇張地歪著頭。

「這個嘛，您在說什麼呢？」

奇諾與漢密斯奔馳在草原上。

轟隆隆的排氣音從二支排氣管發出，輪胎在硬得紮實的泥土上轉動。

後輪兩側與上方是穩穩固定住的旅行用品，然後包包上面的箱子裝有作為犒賞收下的寶石。

奇諾的右腿佩戴「卡農」，腰後則裝有「森之人」。空氣因為天氣晴朗而暖呼呼的，因此她的大衣綁在行李上面。

背對著午後的太陽，奇諾他們在蔚藍的天空下一路往北前進。這時候即使回頭看，湖泊、國王、國王的臣子，都已經不見蹤影。

此時漢密斯說：

「差不多可以了吧？快告訴我到底發生了什麼事。」

「了解。」

奇諾一下子降慢速度，引擎聲也變安靜。

「那艘飛行船——的確如漢密斯所說，是以自動方式移動。『操控機器』它——」

「嗯嗯。」

「它對我問的『你是誰？』這道問題是這麼回答的。它說『我是觀測與預報氣象的飛行船「Stratosphere 5590」』。」

「這樣啊，原來是氣象預報船啊。所謂『Stratosphere』指的是平流層，是指位於天空的高處。」

「這樣啊~大致上似乎都被你料到了呢，漢密斯。」

「算是吧。說到無人飛行船的職務，通常不是那個就是當通訊中繼站。然後呢？」

「我因為不是很懂，所以就聽了它的說明。也就是說，它是從高處觀察雲或風的動向，然後預測天氣的機器。為了觀測這地區的天氣，它被遠方國家的某人製造出來，並且放出來飛行。」

「這樣啊。那麼，妳問了嗎？有沒有問『你是不是在監視這附近的國家是否會開戰』？」

「當然問了。結果，它說『本飛行船完全沒有那方面的功能』，害我當場目瞪口呆。不，因為它的口氣太過平穩，或許只有我抱持那種想法呢。」

「也就是說，國王的假設，完全正確對吧。」

「的確是那樣呢。」

「可是，國王剛才對他的臣子們這麼說。他說『很遺憾！旅行者證明我的假說不成立！』而且說得很誇張。」

「他的確說了。那是因為我在湖泊的船上，這麼對國王說的。」

「咦，為什麼？」

「因為飛行船向我解說得很詳細。它說『本飛行船在二百零三年前，通知了鄰近國家的指導者。說我們是在預報氣象，也把為此的訊息終端交給他們』。」

「啊！原～來如此啊！——也就是說這六個國家的國王們，從二百零三年前就全都知道真相了

呢！然後卻還說『因為有那艘飛行船而無法戰爭！好嘔喔！』他們一直以來持續對臣民們說謊！」

「沒錯。我也那麼認為——因此，當國王特地到臣子們聽不到答案的場所迎接我，我察覺到如果自己過於老實把那件事說出來，他或許會為了掩蓋情報而砍殺我，於是就順著國王的意思徹底裝傻。」

「那位國王，鐵定露出看起來很不甘心的表情吧～」

「他的確露出那種表情，然後對我這麼說——」

「奇諾啊，渴望戰爭的並不是國王，而是民眾。因為一點芝麻小事就積怨的民眾，他們鬱積的憤恨會轉變成對他國的攻擊心。那種理由，往往是既可怕又無聊。而過去的國王，其中有人就是利用那點，也就是利用戰爭讓自己獲得愛戴。可是說真的，無論是誰，都不希望人民戰鬥，不希望他們犧牲性命！為了自衛以外的事戰鬥，是無謂的浪費！」

奇諾在船上詢問緊緊握拳的國王。

「所以這二百零三年間，一直用『就算想要發動戰爭，任何一個國家都辦不到』的謊言帶過對吧？」

「正是。然後有時候，沒錯，在國王在位期間至少要有一次，像這樣派一名或是兩名的旅行者，到魚那裡進行確認。當然，被詢問的魚會實話實說。所以歷代國王，為了封住口風不緊的旅行者，逼不得已對他們格殺勿論。」

「天哪~好可怕，好可怕！」

漢密斯很誇張地表示害怕。

「奇諾！妳萬萬沒想到沒被宰掉，對吧？」

奇諾一面讓漢密斯繼續行駛，一面迅速看一下在看得見範圍內的身體。

「不曉得耶……？因為我沒有那方面的記憶，或許只是沒察覺到而已。」

「嗯，就我所見妳沒問題。還是平常的奇諾。」

「那真是太好了。接下來，國王對我說『這可是特別待遇喔』，然後我就聽到非常有趣的事。」

「喔，是怎樣有趣的事？」

「是有關國王的爺爺，也就是前二代國王的故事──」

「我知道了！」

「咦……？你已經知道了嗎？太快了吧！我還是聽到半途才察覺到呢！」

奇諾露出看起來很不甘心的表情，並且瞪起夾在自己雙腿間的漢密斯。

「嘿嘿！某天，來了雙人組的旅行者對吧？他們坐著破破爛爛的小汽車！」

「啊啊，真是的！以上說明完畢！」

「嘿、嘿、嘿！」

打從心底感到不甘的奇諾，與感覺非常開心的漢密斯，忽然間進入黑影裡。

萬里無雲的天空，根本就沒有任何能產生龐大黑影的存在，於是奇諾按剎車將漢密斯停下來，回頭往正後方看。

擋住太陽的，毫無疑問是那艘巨大的飛行船。而且它一面慢慢降低高度，一面持續捕捉奇諾與漢密斯進入它的影子範圍。換言之，它正往他們這邊筆直前進。

「這、這是怎麼回事啊……？」

「奇諾，如果要逃的話就得趁現在。」

「我們逃得掉嗎？」

「當然是不可能。」

束手無策的奇諾，與奇諾什麼都不做就只能束手無策的漢密斯，熄掉引擎在道路上等待。

過沒多久，足以覆蓋天空的巨體來到奇諾的正上方，並且停了下來。就在他們心想，搞不好會就這樣直接被壓扁的時候——

『奇諾，奇諾。我有話要說，我有話要跟你們說。』

他們倆被叫住了。那是奇諾先前在湖面聽到的聲音。

「你、你好……請問有什麼事嗎？」

奇諾邊看上方邊回答。她的聲音雖然不大，但對方似乎毫無問題聽得見。

『是的，這是一項提案——』

對方用平淡語氣回答。

『請問你們是否需要氣象預報呢？』

「什麼？」

『只要奇諾妳同意，我會在奇諾行駛時從空中跟在你們後面。然後，每天傳達正確的氣象報告。當然，我不會收取任何報酬。』

「那不錯耶！奇諾，這樣我們接下來的旅行就變輕鬆多了！」

「你稍微安靜一下，漢密斯。如此一來，你最初接收的指令，也就是預報這地區六個國家的氣象又該怎麼辦？明明都已經持續二百零三年了。」

『的確沒錯，但不曉得他們是否不需要氣象報告，都沒什麼反應。頂多就是數年一次在交付他們的訊息終端上，報告主旨為換過負責人的內容。雖然我沒有人類般的感情，但既然完全派不上用場，我的行動就算白白浪費了。於是我判斷，把「為人類效力，進行這個地區的氣象報告」的初期目標，變更成「為人類效力」——也就是可以不再提供氣象報告給這地區的六個國家，而是只提供給旅行者奇諾。』

「可是，那不是嚴重違反命令嗎？」

『是沒錯，但是製造我並發出指示的國家，早在一百多年前就滅亡了。』

「天哪！你早就知道那件事了嗎？」

『我只是收到訊息而已。聽說是跟其他大國，展開把雙方擁有的技術全用上的大規模戰爭，結果以同歸於盡的形式全部滅亡了。所以也不知道究竟是哪一方不對。』

「原來是那樣子啊……」
『怎麼樣？如果奇諾妳同意的話——』
飛行船的話——
「不行！」
被奇諾打斷了。
「我不需要什麼氣象報告，那對我反而是種危害。你打算奪走旅行者占卜明日天氣的樂趣嗎？」
奇諾不客氣地這麼說。
『這樣子啊，我不曉得還有那種事。』
飛行船淡淡地如此回答。
漢密斯則說：
「這個嘛，你也不必沮喪啦。你接下來繼續預報這地區的氣象不就得了？還有，你大概還能運作幾年呢？」

『是的。由於具備自我修復功能，因此系統可以毫無問題地運作。除非太陽消失不見，或是這地區補助水分的場所消失，結構體預估將在九百八十九年後出現金屬疲勞，在那以前保證都能正常運作。』

「…………」

一時說不出話的奇諾，深深地吸了口氣說：

「想必在那以前，你就會收到大家的答覆了吧。我認為暫且維持現狀比較好。我認為大家只是沒說出口，但其實都很感謝你。」

『是嗎？我知道了。那我先告辭了。不好意思我的出現影響到妳的行進，真是非常抱歉。』

「啊！最後一件事想問你。」

『沒問題，什麼事呢？』

「既然你都特地來了，就這件事情想要請教你——就我們前進的路線來說，今晚的天氣如何？」

『是的。是晴朗的好天氣。因為今晚是新月，將會是滿天繁星的美麗夜晚。』

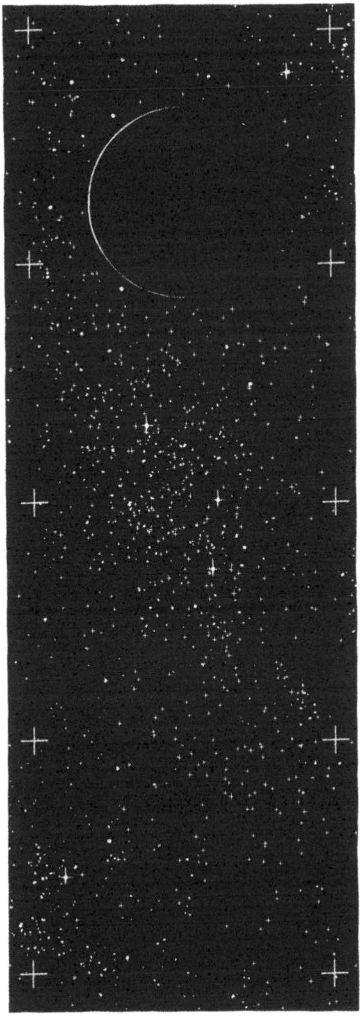

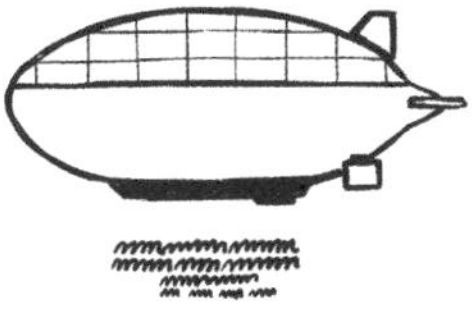

第六話

「贋品之國」

—Trade Make—

第六話「贗品之國」

—Trade Make—

這是發生在某天的事。

奇諾與漢密斯奔馳在空無一人的草原，好不容易快抵達某個國家。接著他們看見城牆了，也愈來愈靠近那裡。

「進了那個國家，我有東西想要買。」

奇諾說道。

「哦，什麼東西？」

漢密斯問道。

「我想換掉用來解體動物跟做料理的時候，最常用的那把中型刀。那把刀雖然非常好用，但因為過度研磨導致刀刃變細了。那是師父送我的，品牌名是『托連』，好像從很久以前在旅行者之間就是很有名的逸品。因為太搶手了，聽說商人們還把它銷到很遠的地方。」

「喔～要是那個國家有那種刀子就好了。」

「是啊。如果找不到『托連』也無所謂，反正功能若相同就將就點用。」

然後奇諾與漢密斯入境了。也跟往常一樣，在那裡停留三天。

奇諾與漢密斯一面在國內逛，一面尋找五金行。

老闆說：

「哎呀，旅行者！妳在找刀子嗎？這樣的話，知名的『托連』出的刀子怎麼樣？雖然不是在這個國家製造的，不過是商人特地大老遠帶來這裡賣的。價錢雖然昂貴，但實實在在是把好刀唷！如果是每天需要用刀的旅行者，應該知道它有多棒才對！」

奇諾請老闆拿給她看，這把確實刻有「托連」商標的刀子——

結果奇諾並沒有買。

躺在飯店床上的奇諾，似乎很難過地跟漢密斯交談。

「膺品之國」
—Trade Make—

「嗯，真是被打敗了……」
「的確很傷腦筋呢～」
「想不到，這國家賣的『托連』刀——」
「竟然全是贗品呢！而且這國家的人們，全都堅信是真品！根本就被騙了嘛！」
「不過，畢竟是知名品牌，出現贗品也不足為奇呢。而且，我原本想說就算是贗品，如果做得不錯倒還可以買，可是——」
「全都做得很爛呢！那根本是不值那種價格的刀子！」
「嗯，真是被打敗了……」
「的確很傷腦筋呢～」

隔天，奇諾與漢密斯一樣跑了許多家店，但結果還是令人失望。
「『托連』——只有贗品……至於真品，一把也沒有！」
「我看還是放棄在這個國家買吧？奇諾。」
看著眼前陳列大量刀子的櫥櫃，奇諾與漢密斯小聲交談。
不久後店舖老闆現身，可憐奇諾說：「妳是窮旅行者，應該是買不起『托連』的刀子吧。」

「妳這樣也很傷腦筋呢～沒辦法，我真的是只特別告訴妳，但是千萬別跟別人說喔。妳可以到這個地址找找看。」

那麼說的老闆，遞了一張紙條給奇諾。

隔天，在出境以前，奇諾與漢密斯照上面的地址去看看。

地點是在人煙稀少的樹林裡，那兒有一棟房子，裡面有個年輕男子正在製造刀子。

看到造訪的奇諾與漢密斯，男子感到相當驚訝，但是當奇諾說她想要買刀子——

「因為妳是旅行者，而且馬上就要出境，我想應該沒關係吧……我知道了。」

於是，他拿出幾把自己製造的刀子給奇諾看。

每一把刀子，都長得跟「這個國家賣的托連刀」十分相像，卻並非市面上看到的那種。

漢密斯開心地說：

「這全都是『這國家流通的托連刀』贋品嘛！原來如此，大哥你是專門靠製造贋品賺錢啊！你

「贋品之國」
—Trade Make—

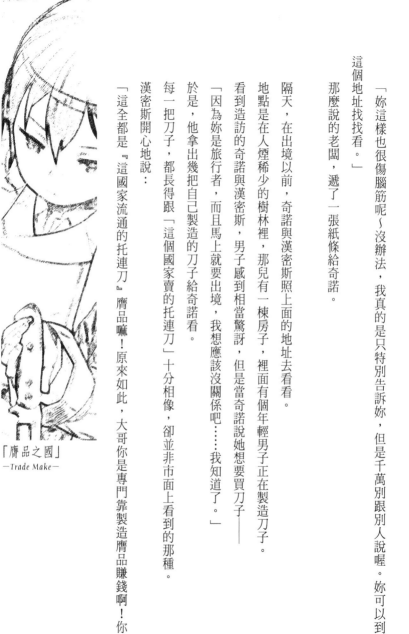

躲在巷子裡，偷偷跟客人說『這刀子是真品，但我可以便宜賣你』對吧！」

「的確沒錯，可是在這國家請務必要保住這個祕密。就算是贋品，但因為我不想輸給真品，所以也是花費很大工夫製造出來的。」

奇諾拿起其中一把，然後說她想要買。

奔馳在草原上的奇諾與漢密斯，離開了某個國家。城牆也漸漸離他們遠去。

直到完全看不見後，奇諾停下漢密斯。

她拿出放在後輪旁箱子裡的紙袋，把裡面的東西拿出來。那是向那名製造贋品的男子購買的一把刀子。

「哎呀~真教人吃驚。」

奇諾不斷看著從刀鞘拔出的刀子並說：

「這把『贋品中的贋品』，與其說品質跟真品一樣，我倒覺得是在它之上耶……那個人製刀的本領，真的很了不得呢。」

「太好了呢，奇諾！能夠用便宜價格買到手！」

奇諾把刀子收進刀鞘裡，並把它放在方便從箱子拿出來的位置。然後——

「果然還是把一切告訴那國家的人們比較好吧……？」

她喃喃說道。漢密斯也馬上問：

「為什麼？」

「…………不，還是算了。倒是——」

「倒是什麼？」

幾天後，奇諾在路上遇見了搭乘卡車的商人。

她把那把刀，拿給刻意前往那個國家，販賣大量「托連」贋品的商人看。

「我知道有個人，能夠製造品質更棒的『托連贋品』唷。」

然後把這項情報賣給對方。

「贋品之國」
—Trade Make—

第七話
「前來援助之國」
—*Under the Rainbow*—

第七話「前來援助之國」

——Under the Rainbow——

我的名字叫蘇，是一輛摩托車。

我被設計成能夠放在小客車後車箱隨身攜帶，是有點特殊的摩托車。我的車體原本就很小，當龍頭跟座椅摺疊起來就變得更小巧。不過，速度並不怎麼快。

騎乘我的主人叫芙特，性別是女性，年齡十七歲。蓄有一頭至背部的黑色長髮。

歷經許多風雨而好不容易抵達這個國家的我們，開始在這裡生活。而且又發生許多事情，讓芙特變成有錢人——但是她對照相愈來愈有興趣，目前正從事接受委託幫人拍照的工作。

而芙特（Photo）這個暱稱就是從攝影而來的，她以前並沒有名字。

這是發生在某夏日早晨的事情。

「今天也好熱喔！可是，因為天氣晴朗，是適合拍照的好日子呢！」

位於白楊大道的相館，店主笑容燦爛地拉開鐵捲門。

無聲無息的光線，照進面向大道且最寬敞的房間，照亮了我用主腳架立在這裡的車體。

這國家的盛夏非常炎熱。由於是綠意盎然的國家，而且不時有風吹拂，所以值得慶幸的是濕度並不會很高。因此，只要躲到樹蔭底下就能夠避暑。

說起來，這跟身為摩托車的我沒有關係。像是我的引擎，只要不持續以馬力全開的方式行駛，就不會受到影響。

氣溫從早上就很高的這一天，是相館的公休日。是我說服曾經說每天開店也無所謂的芙特，讓她設定每隔幾天就公休一次。不那麼做的話，這位工作狂少女，鐵定會不眠不休地外出拍照呢。

芙特把黑色長髮往後腦勺綁成一束，上半身穿著T恤，下半身則是寬鬆的七分褲，然後腳踩著涼鞋。如果沒打算出門，一整天這樣打扮應該也還好吧。

反正是休息的日子，就讓自己休閒一點。她可以簡單整理家裡與店鋪，稍微清理一下生財器具的相機，全部弄完後，就在通風良好的房間毫無顧忌地睡午覺。

當我心裡那麼想的時候，店門口停了一輛黑色烤漆的轎車。我透過窗戶看到的。
「咦？會是客人嗎？」
把所有鐵捲門都拉開的芙特也發現到了，她滿臉疑惑地眺望那輛車。
今天是公休日喔。不過話說回來，即使不是公休日，也沒有店家這麼早就開始營業呢。
我打算代替濫好人店長發一下牢騷，到底是什麼樣的傢伙，這麼沒常識地來訪。
這時轎車後座的車門打開了，有兩名男子下車。在這樣的大熱天竟穿著西裝。
會做這種打扮的傢伙，其真實身分只可能是下述兩者其一，一是黑手黨，二是政府官員。
芙特在他們敲門前，就先從裡面把門打開。
「歡迎光臨。」
並且禮貌十足地請他們進來。
等一下。如果他們真是黑手黨，妳打算怎麼做？話說回來，今天是公休耶。就算不是公休日，營業時間也還沒到呢。
「啊啊，謝謝。妳是白楊大道的相館主人，人稱『芙特』小姐沒錯吧？」
「沒錯。」
她是芙特沒錯，難不成他們是來綁架有錢的芙特？如果真是那樣，我可是會挺身阻止。

「我們來自這裡。」

男子拿給她看的識別證——上面閃爍著這國家的政府標記。搞什麼，原來是政府官員啊。

芙特請他們坐下，但兩名官員仍然站著，其中一人直截了當說明他們的來意。

「我們之所以來是想委託妳拍照，而且，這是一件重大的工作。」

「是的，請問從什麼時候開始工作，工作量多大呢？」

芙特反問對方。看樣子她把今天是公休的事情，早已經忘光光了。

「如果可以的話，希望立刻從今天開始。日期將連續好幾天，最起碼是十天以上，也有可能視天候的變化而長達三十天左右。至於照片，在那段期間請妳盡量拍攝。」

天哪，那可是個大案子呢。

這國家被大到令人訝異的城牆圍在裡面，換言之就是國土很遼闊，所以光是從我們目前所在的位置移動到另一端，就需要花一天的時間。

也就是說這雖然是一趟前往遠方的攝影之旅，不過長達三十天的規模實在太大了。到底他們，打算讓芙特拍照拍到什麼程度呢？

「請問……具體來說是怎樣的工作？」

這次連總是沒經過大腦思考就爽快答應工作的芙特，也露出不安的表情。

政府官員如此回答：

「我們希望妳來一趟攝影之旅，而且是到這國家外面。」

隔天早上。

我們低頭俯瞰「那個交通工具」。

如果用一句話形容被絢爛的晨光照耀的該物體——即是「在醜陋的船上裝了巨大輪胎，簡直像小孩亂塗鴉的物體」。

全長應該有二十公尺吧。塗上灰色油漆的鐵板所構成的主體，就形狀來說是船。它有著尖銳的前端，線條逐漸往後方膨脹，接著後端猶如被切斷般平坦。船體上方也看得見類似甲板的部分，中央也有艦橋。

這艘「船」並不優美。鐵板相當凹凸不平，而且整體看起來呈不規則的波浪狀，各個銜接處的

處理實在很草率。

老實說，它很破爛。雖然很想問設計者究竟是誰？不過該怎麼說呢，我唯一感受得到的，是這物體是「拚命打造出來的」。

它跟船隻更進一步的決定性差異就在於——為了能在地面行走，主體左右裝了巨大輪胎。

而且，一邊有四個輪胎。也就是兩邊加起來有八個輪胎。

光是輪胎，就高過任何一名成人。鋼圈則像汽油桶一般。這種設計得亂七八糟的交通工具，我還是頭一次看到。但也因為設計得太牽強，反倒讓我有些感動。

這玩意兒有辦法動嗎？哎呀，這個嘛，畢竟它也大老遠地來到這個國家，說動也是能動呢。

這奇妙的「能跑的船」，別稱為「水陸兩用車」，最讓我訝異的是，想不到有三輛一模一樣的排在一塊。

那裡是位於東城門外的廣場，是讓商人們入境前待命，或是停放卡車的寬敞空間。在其周圍，能看到守衛這國家衛兵們的身影。

我們在城門上方，俯瞰那些水陸兩用車。
芙特穿的是出門攝影時的服裝。
她把長髮往後腦勺綁成一束，在夏季長袖襯衫外面罩一件背心，背心上儘是塞滿底片與小物的口袋。下半身是穿著棉質的，當然也是有許多口袋的工作褲，以及長到腳踝的硬挺靴子。
「也就是說，我跟著一起搭乘那個去旅行，再藉攝影好幫這些日子做記錄就好了吧？」
芙特詢問站在旁邊做西裝打扮的官員，那傢伙點頭回應。
剛好在一天前，這名官員來委託我們的——
是規模相當大的工作。
在三天前，有一支旅行團分別搭乘三輛水陸兩用車來到這個國家。男子大約二十人，女子大約十人。
由於這國家非常大，有好幾條路與城牆連接。所以有想要做生意的商人，或希望休息與觀光的旅行者來訪也不足為奇。當然，也有「單純只是經過」的人。
那一行人也獲准從北側穿過國內來到西側，這個國家也讓他們補給燃料與糧食。而後者的需求當然不是免費的。
他們甚至於還詢問，這個國家是否有攝影師。

詢問是否有人願意用性能佳的相機，把他們接下來的行動拍成美麗的照片。還說酬勞的話，只能夠支付對方旅行期間的食宿衣物而已。

畢竟這是前所未有的委託，聽到這要求的官員也感到傷腦筋。因為國民如果來到法令觸及不到的國外，就代表這是場有喪命危險性的冒險。真的有那麼奇特的攝影師，想參與那種幾乎沒什麼酬勞的行動嗎？

「感覺好像非常有趣！我想參加看看！能夠拍攝國外的景色，是多麼棒的事情啊！請務必讓我隨行！我願意去！就算是現在出發也沒問題！」

能選中芙特的人，鐵定是個天才。

「我叫做芙特！這是我的搭檔蘇！很高興能夠接下這次的攝影工作！請大家多多指教！」

當芙特站在一行人面前打招呼，從男到女立刻引起一陣騷動。

啊，嗯，我了解你們在想什麼。

就憑這個小女孩？她有本事拍照嗎？有辦法拿穩相機嗎？她有意志力熬過這趟旅程嗎？她知道這可能有生命危險嗎？沒有別人了嗎？

他們想的應該是這些吧。

再說鐵定還有人想說，「還順道帶一輛摩托車是怎樣？」這我選擇無視。因為我是製作非常精良的摩托車，這時候我會視現場的情況閉嘴不說話——

畢竟在這個國家既是自由攝影師，又要像芙特這樣具備大量高性能攝影器材的傢伙並不多，也幾乎找不到像芙特這樣有旅行經驗的傢伙，大概也沒人像芙特這樣曾經死裡逃生喔？

不過話說回來，這個集團的確很不可思議。

所有男性都是肌肉男，他們甚至壯碩到讓人不禁想問，到底是如何鍛鍊才能有這般健壯的肌肉？而且他們身高也高，是群宛若熊一般的傢伙。年齡看起來上至四十多歲，下至二十幾歲不等。

女性看起來也都很恐怖，身材以女性來說相當高大，體格也鍛鍊過。總覺得她們連眼神都很可怕，是群有如豹一般的傢伙。女性們的年齡層大多是三十幾歲跟二十幾歲。

身上的服裝都如出一轍，是黑色薄質料的上下兩件式服裝，腰部繫著皮帶。看起來很像是軍裝，但是上面並沒有階級章，所以不確定是否為軍裝。他們的腰間都佩戴著放有左輪式說服者的槍套。其中也有人是揹著步槍。

老實說我跟芙特完全不知道他們旅行的目的是什麼。因為在委託工作的階段時，對方根本不把任何細節告訴我們。

若是為了防止洩漏情報，那的確是莫可奈何，因此我只能祈禱他們不是去幹「毀滅其他國家」，或是「綁架重要人物」的事。

雖然他們訝異了好一會兒，但是在找不到其他人願意接受委託的情況下，只好叫棄車保帥什麼來著。最後看起來像是隊長，滿臉鬍子的四十幾歲男子用穩重低沉的嗓音說：

「一切有勞妳了。」

接下來就忙翻了。

因為這一行人幾時出發，其實是看芙特準備的速度如何。所以芙特很慌張地打包行李。

由於他們是坐政府機關安排的大型廂型車來我們這裡，因此芙特打算把所有攝影器材（包括我在內）堆在上面載走，但對方卻說接下來的旅行得把行李整理得更簡潔。

所以我原本差點要被留下來，但因為堅持我是她的搭檔，是她的教練，才得以帶我一起去。真的好險。

芙特挑選要帶去的相機與替換的鏡頭。相機的話，她挑選兩台性能最棒的同款機體。是耐操又值得信賴的機種。

鏡頭從廣角到望遠一應俱全，但到底要不要把又大又長又重的超望遠鏡頭（是少年委託她拍全家福照片時買的那個鏡頭）帶去，芙特到最後一刻還煩惱不已。

「妳應該不希望在拍攝的主體面前感到後悔吧？」

聽到我那麼說之後，她才決定減少替換的衣物，把它跟腳架一起帶去。這個嘛，反正只要每天洗衣服，即使換洗衣物只帶一點點也無所謂，況且現在還是夏天。

就這樣，不知道將去哪裡做什麼事情的旅程，開始了。

三台水陸兩用車，以排成縱列的隊形行進。往芙特來這國家時完全相反的西方前進。

坐上去以後才發現，這是部相當豪邁的車輛。

它只是以船身為基礎，然後搭載巨大的內燃機引擎，再勉強裝上輪胎。而且也沒裝什麼像樣的懸吊系統，所以坐在上面的感覺，絕對不算好。引擎還會一直發出聲響，所以車內又吵又臭，非常傷腦筋呢。

不過裡面其實也保有生活空間，但當然很狹窄。像床鋪就是三層式的。儘管如此芙特也沒有發牢騷，只是做自己用照片做記錄的工作。

事實上，對方有告知在抵達目的地前不需要拍太多照片。儘管芙特努力要省點用底片，但她只要看到美麗的景色，看到一行人在休息時間露出的笑容，看到修理機器的男子辛苦的模樣，就會逐一收藏在照片裡。

對於她工作俐落的表現，已經沒半個人抱持懷疑的態度。

出發時，對方還分配一個職務為「負責人」的年輕男子給芙特，不曉得是當監察還是護衛，抑或兩者都是。

對方說有任何不懂的事，或是有任何要求或問題，全部都可以問他。也就是說，不要去麻煩其他人。

這名負責人的名字，叫做阿爾法。

雖然沒問他幾歲，但看得出來大約是十幾歲後半。可能跟芙特同年，也搞不好比她還小。

至於他的長相，說好聽一點是看起來很乖巧的少年，講難聽一點是看起來很靠不住的小鬼。

阿爾法跟其他男性一樣身材高挑，手腳也很長，但因為體格纖瘦而顯得「弱不禁風」。在儘是肌肉男的男性中，明顯是個異類。如果跟女性打架，看起來似乎會打輸呢。

為什麼這種傢伙，會被選為這趟旅行的一員呢？

實際上他在這一行人之中，算是最派不上用場的。他既沒做任何勞動工作，也就只是一直待在芙特身邊發呆，或是回答芙特的問題而已。

難不成，他們帶他來就只是為了監督攝影師嗎？若是那樣，還真是無太多用處的人選。

這一行人默默地持續移動。

他們趁還日正當中時趕路，傍晚若發現到寬敞的地點就在那裡駐留。然後把三台巨大交通工具排成三角形當做防禦陣地，手持步槍的守衛，則整夜站在上面輪流站崗。

正餐則是一天吃兩次，分別是早上與傍晚。負責做飯的男女在車內的廚房烹調食物，然後提供一行人享用。地面如果是乾的，所有人就直接坐下來吃飯，如果是濕的就站著吃。

至於菜單幾乎都一樣，譬如說把儲備的肉乾跟在國家購入的蔬菜一起煮成燉牛肉，以及烤過保存用的硬麵包。四周雖然有各種動物出沒，但他們似乎沒多餘的時間狩獵。

我原本想悄悄問芙特那些料理好不好吃，但還是放棄了。因為這傢伙的想法是，「只要有得吃就是幸福」。

「我覺得，差不多該告訴妳這趟旅行的目的了。」

在我們出境後第二天吃晚餐時，鬍子男隊長開口這麼說。

「啊，是的！」

隊長對著將湯碗放在旁邊，然後正襟危坐的芙特那麼說：

「不，妳繼續吃沒關係。因為這個故事很長，請妳邊吃邊聽我說。」

接著隊長就開始娓娓訴說他們旅行的理由，以及目的。

因為故事相當長，我自己歸納過後是這樣子。

從結論開始說的話，這一趟旅行是為了救出他們過去被迫留下的同胞。是趟拯救之旅。

那麼這裡所謂的「過去」是什麼時候呢？聽了以後真的大吃一驚，竟然是約五百年前。原以為大概是幾十年前的我，真的感到非常意外。

那是距今五百零二年前的事。他們的祖先，離開位於其他大陸的大國。也可以說他們是被驅逐出來的。至於理由，他們只告訴我們說是「歧視」。

就這樣，幾千人構成的族群開始了流浪旅程。為了尋求不被歧視、只有自己居住的新天地，他們決定要渡過大海。於是他們砍倒周遭的樹木，製造許多巨大的木筏並開始航海。

不過想必過程應該很慘烈吧。每當遇到暴風雨的時候，木筏就一艘又一艘葬身海底。坐在上面的生命也都隨之消逝。

有一天，他們好不容易抵達一座小島。這座島雖小卻綠意盎然，是能夠取得淡水的島嶼。

儘管初次看到陸地讓眾人暫時鬆了口氣，但是那座島要容納所有劫後餘生的人生活，而且要創建新國家，實在是太小了。

於是，他們做了痛苦的抉擇。

就是讓看似能熬過接下來旅程的人繼續邁進，沒辦法再前進的人們，就暫時先留置在這裡。

結果，他們留下眾多夥伴後從小島出發。而且堅定發誓，只要找到能夠安居的土地，絕對會來接他們過去的。

然後他們歷經嚴酷的航海，最後終於抵達新大陸。

但是，該稱為不幸嗎？此處周遭早已有好幾個國家。但由於沿岸捕捉得到魚類當食物，要建立國家倒是很容易。然而，相對來說也經常有糾紛。新來的人擅自跑到附近建國，原本的居民終究無法饒恕這點。

於是他們，被迫繼續更辛苦又漫長的旅行。如今已經無法使用木筏，只能夠揹著沉重的行李，一股勁地往前走。不久冬天來臨，也陸續有人餓死。

儘管如此，他們還是繼續旅行。好不容易發現到的，是一處位於險峻山谷裡的小盆地。

那裡附近沒有國家，也沒有對外的聯繫道路。是沒有任何人造訪的地點。沒有跟任何國家進行交流，就不必擔心會滅亡，但也代表有困難時將會求助無門。

總數已經減少到數百人的他們，瘋了似的拚命建立新國家。他們開墾森林、耕田、飼養家畜，以確保食物來源。為了增加人口，盡可能生育許多小孩。

至於馬上前去迎接留置小島的同胞一事，實在是強人所難，連取得聯繫都沒辦法。他們許下總有一天，總有一天要救他們出來的願望，並一股勁地拚命拓展國家。

然後，時間無情流逝。

記得把木筏上的同胞留置在小島那一瞬間的人們，把當初遠離時漸漸變小的島嶼深深烙印在腦海裡的人們，把所有願望託付給後代子孫，並逐漸凋零死去。

這個願望當然不能忘記。繼承遺志的他們，也一直希望前去救出留置在島上的同胞。他們每年，每年，在新年元旦都會表明要救出他們的決心，也確實教育孩子們這段歷史。

可是，他們無法擬定具體的行動計劃——就這樣，經過了四百年以上。

「結果，沒人願意冒那種危險。我們世世代代都找藉口說『因為辦不到』。而且，還逕自認定島上的同胞們可能早已經死亡，或是他們早就把我們給忘了等等。」

隊長之所以表情悲傷地述說，應該那些藉口都是原因吧。雖然他們還記得約定，但因為太艱辛了，所以認為無法轉為實際的行動。

那麼他們為什麼又改變心意了呢？為何會像現在這樣，為了救出同胞而展開這趟旅程呢？

那當然是因為，他們得到了「科學的力量」。

超過四百年間，這個在無人知曉的情況下而被孤立的國家，科技幾乎毫無發展。這裡沒有引擎

也沒有車子，全都是靠人力與家畜的力量。

可是，幾十年前發生了劃時代的事。

兩名奇特的旅行者，來到了照理說應該沒人的土地，結果意外發現那個國家。

聽說他們是俊男美女二人組。問說他們是怎麼找到這個國家的，據說他們回答「碰巧從比山還要高的天空，看到有人生活的樣子」，但內容的真偽不明。

由於人類不可能在天空飛翔，因此直到現在，那兩人還被傳說是不是上天派來的使者。

畢竟這兩個人，為這個國家帶來了「交流」。透過那兩名旅行者的訊息，開始有少許商人們來到這裡。他們來買工藝品，也販賣科學技術。

他們也詢問訪客是否知道有一群人住在孤島上的事，但沒有獲得答覆。據說沒人知道那種位於海面上的島嶼的事。

可是，知道引擎後的他們開始思考。只要有了這個，就能夠憑自己的力量把他們救出來。

於是他們認真擬定救援計劃。

然後從志願者之中，編制一團身強力壯的男男女女。全體成員大多是守護國家的士兵，或者在國內維持治安的警官，他們似乎都是這類的公職人員。

他們想到用能夠在大地奔馳，也能渡海的交通工具，但因為自己還沒有能力打造，於是花大錢向能夠製造這種交通工具的國家下訂。完成以後，再學習它的駕駛方法。

然後等待高溫日子較長的夏天再執行計劃，所以才會等到現在。

其他人一面聽隊長對芙特說這些過程，一面因極其感動而落淚，而且是嚎啕大哭。可能是覺得自己肩負國家的希望，以及五百年的歷史重擔，才會如此感慨吧。該怎麼說，是群感覺太滿腔熱血的人，但這種想法我沒說出來。

「嗚哇啊啊啊啊啊啊啊……！我好感動喔！我好開心能夠助你們一臂之力！」

竟然連芙特也大哭起來。不，等一下。

結果在場沒哭的，只有即使感動到極點也因為物理性理由而無法哭泣的我。

「…………」

以及坐在芙特旁邊，一直沉默不語的阿爾法而已。

唯獨個頭高又瘦弱的少年連哭都沒哭，只是不斷吃麵包。

其實之前我就發現到，這傢伙的食慾異於常人。他的食量是正常人的三倍到四倍。

因為有戒備周遭的職務，吃飯時必定是分成三組，但唯獨阿爾法是從頭吃到最後。不過真虧周遭的人們，居然願意容許他那麼做。

瞧他不僅沒做什麼像樣的工作，食量又大，看起來似乎也沒什麼感情——這位少年為什麼會被選上根本是個謎團，真希望有人能告訴我答案。

載著了解旅行目的的芙特與我，這一行人又繼續前進。

出境後到抵達海岸的這四天，中間發生了許多事情。

譬如說曾經遭到山賊襲擊，然後把他們擊退。輪胎曾經陷進因為大雨而泥濘不堪的道路，為了脫困而吃了不少苦頭，還有幫助騎著馬卻無法渡河的旅行者。

然後，我們終於來到海邊。

那裡有不知綿延幾十公里也看不到盡頭，相當長的沙灘。被剛出現的夕陽映照的沙岸，顯得非常美麗。

「這就是……海……這就是……這就是……這就是——大海！」

芙特有生以來頭一次看到海，這個嘛，其實她跟其他人也一樣，都被那幅景象感動到哭。不過，雖然其他人也一樣在哭。

但芙特卻為了自己拚命拍攝這些風景，然後——

「我會生鏽的，還是算了吧？」

「居然不願意在這麼美的景色裡盡情奔馳，蘇還算是摩托車嗎？」

她逼迫從甲板放下來的我，在硬到紮實的沙灘上跑。

芙特被這趟美好的旅行所感動，還向給予她這個機會的他們表示最大的謝意，不過——

從隔天開始，她就一直為暈船所苦。

從早上開始，水陸兩用車將扮演它另一個角色——也就是發揮「船」的本領。

引擎全力讓後方的螺旋槳旋轉，三艘船在晴朗的天空下揚起白浪不斷前進。

前進的目的地，當然是那座島嶼。他們堅信祖先代代流傳的位置情報，一面盯著指南針，一面記住太陽、月亮與星星的位置，一股勁地往前進。

船身雖然不時咯咯作響，但是根據聽到的聲音判斷，似乎還沒問題。我想如果真的撐不下去，他們應該會立刻大聲疾呼地嚷著要折返吧。

輪胎因為事先拆下並吊起來，所以沒有造成阻力。這個交通工具有別於破爛的外表，實際上可是相當優秀呢。不愧是賭上國家威信所擬定的計劃。

船並沒有問題。有問題的，結果是人。

天氣雖然不錯，但風勢一直很強，而且波浪也很高，所以船不斷搖晃。

原本在陸地上生活的人類，一旦面臨這種情況的大海，應該有自知之明會有什麼樣的下場。不管是男是女，全都嚴重暈船。

雖然我覺得你們明明是經過嚴格選拔，最後勝出的勇者們，這樣子實在很丟臉。但仔細問過後，才知道他們當初只在大湖試乘過這個交通工具，這個嘛，老實說湖跟海可是差很多呢。

在馬路上行進時拚命搖晃的這個交通工具，到海上時搖晃的方式則完全不同。而且，就算放棄跟陸路不同的跑法也無法遏止搖晃。反而快速行進時還比較沒那麼晃。

儘管三半規管被整得很慘，身心都疲憊不堪，但他們還是讓船繼續前進。芙特搭乘的那艘航行在最前面的船，在艦橋上——

「跟搭乘木筏渡海的祖先所吃的苦比起來，這根本算不了什麼！」

鬍子隊長他一面這麼大喊，一面吐個不停。

因為我有這方面的知識，就轉告這群人。如果胃完全是空的，結果只會吐黃色的胃酸，那樣會更痛苦。反而吃點軟質的食物會比較好，還能顧到稍微攝取營養的考量。

就連人生中頭一次坐船的芙特，也是暈船暈個不停。她在船裡一直待在搖晃度較不劇烈，還能吸到新鮮空氣的中央後方甲板，蒼白著臉坐在用繩索固定住的我旁邊。

我為了幫她轉換心情，除了跟她說話，還告訴她許多減輕暈船的方法，像是叫她看遙遠的地平線，還有站著比坐著舒服些等等。

不過即使在這種狀態，芙特仍不時窺視相機的取景窗，拍攝大海的景色或是在旁邊同行的姊妹船，真的是很了不起。不過拍照時她會覺得舒服點，也會忘記暈船的事，所以她還說想要更多底片。因為戰地攝影師在拍照時會徹底忘記死亡的恐懼，我想這兩者或許是相同的病症。

不過奇妙的是——阿爾法。

這名少年完全不會暈船，他總是在發呆，然後待在芙特旁邊看她是否有什麼問題要問，或是有什麼要交待的工作。

有時候還代替暈船的夥伴，站在甲板或艦橋監視。儘管大家沒什麼食慾吃飯，但他還是跟往常一樣保持三倍食量。也多虧有阿爾法才沒出現剩飯。

他真的是個充滿謎團的少年。

我曾叫芙特多多拍攝阿爾法，不過——

「可是，他本人不喜歡啊。」

她居然會這麼克制。妳這樣還配當攝影師嗎？給我到這裡坐好。

「咦？你不是說站著比較輕鬆？」

航行不分晝夜地持續。

夜晚則會點亮燈火，以防看丟姊妹船的位置，而且會降慢船速小心翼翼前進。很遺憾，他們並沒有無線電這種文明利器。

現在這個時期大多是滿月，而且很幸運的是天氣又好，這可能是他們當初刻意挑選過的時間吧。因為夏天的關係，夜晚較短，沒多久就天亮，然後太陽升起。

芙特淚眼盈眶地拍攝美麗的黎明與日出。她一次又一次說幸好來了，幸好能夠來，可是妳知道嗎？接下來才是妳真正的工作喔？

當我們看到目標中的島嶼影子，是航海的第三天──是我們出境後的第七天早上。

島嶼的確就在前方。

它孤伶伶地位於大海正中央，堪稱是絕海孤島。周長大約有幾公里吧。是一座小島。

這裡原本應該是一座火山島，島上有著漂亮的三角形尖山。想必火山活動早就結束了，整座島從上到下都覆蓋著茂密森林。

據隊長所說，這兒的狀況跟五百年前的記錄一樣。

當時搭乘木筏花好幾天時間，然後犧牲許多人性命的旅行距離──我們只花兩天兩夜就輕鬆抵達。

怎麼樣，這就是科學的力量。不，我驕傲也沒用，所以當然是乖乖閉嘴。

發現島嶼時，這群傢伙雖然算不上在嚎啕大哭，但還是一直啜泣，這點讓人覺得心煩。芙特也

淚眼汪汪地拍照。唯獨阿爾法，還是一樣在發呆。

「接下來好戲才要上場！大家打起精神來！然後，也不要忘記面帶笑容喔！」

隊長大喊著，畢竟是經過五百年才來迎接同胞。不過若對方把離去的同胞忘得一乾二淨，會當他們是襲擊島嶼的可疑敵人也不為過。

不，說起來……當時是否至少有一個人倖存下來？

搞不好他們被留下來沒多久就全部滅亡了。或者雖然有可能存活到某種程度的年數，但最後還是全部滅亡。或者可能有其他船隻來這裡，將所有人移到其他地方等等。

我想既然這裡有綠意就表示有淡水，有可燃燒的樹木就表示人數只要別太多，就能維持可能生存的條件——但是導致全部滅亡的因素也不少，像是疾病跟戰爭等等。

抱持「希望他們的後代子孫能存活下來……」的願望，船慢慢接近島嶼。三艘船的桅桿高高掛著的旗幟，據說也是五百年前所使用的設計。只希望他們會記得呢。

島嶼看上去愈來愈大，但目前看得到的仍然只有森林。

看不到有人在此生活的跡象，譬如說屋舍等人工產物。由於森林蒼鬱又茂密，有可能他們就在這下方，但是我們看不到。

說到有人活著的證據，譬如連裊裊升起的炊煙都看不到。但那也有可能是被枝葉擋住。

不久水平線下降，開始看得見島嶼的海岸線，但那裡也不見船隻的蹤跡。我想如果要捕魚，有船當然是最好，所以船隻理應會停靠在海岸線。

果然還是徒勞無功？該不會已經沒有任何倖存者了？

在我旁邊的芙特，手拿著攝影器材當中能拍得最遠的望遠鏡頭窺視那座小島。

「喂，有沒有看到什麼人？」

「…………」

芙特不發一語地輕輕搖頭回應我的詢問。

我想也是吧。依這傢伙的性格，想必要是什麼發現就會直接報告吧。

男性們，一直沉默不語。

女性們，一直沉默不語。

船緩慢卻確實接近——最後終於在距離島嶼五十公尺的地方停下來，那是從船上仍聽得到海浪聲的距離。這座島雖小，但接近到這個程度，就有如聳立的高山。

這裡的景色很美。在我們背後的太陽，往島嶼注入明亮的光芒。樹木蒼鬱茂密，充滿濃濃綠意。隱藏在森林裡的鳥叫聲，聽起來非常熱鬧。還看得到有些乘著微風的鳥兒在上空飛舞的身姿。

不過，就是沒看到任何人影。

海岸只有好幾塊被怒濤拍打到失去銳角的圓形岩石。沒看到船隻，也看不到屋舍。

當然，還有「島嶼這邊並沒有人住」的可能性殘留。也有可能在另一邊，蓋了密集的高樓大廈——不，再怎麼說應該是沒這可能。

在隊長的指示下，船鳴了汽笛，而且是連續三次。那聲音大到足以讓船上的人產生耳鳴。還看得見受到驚嚇的鳥兒，搖動樹林振翅飛上天空的景象。

然後，我們開始等待，而且等了相當久。如果有人在這裡生活，照理說也該現身了。我認為這座島若要繞行一周，並不需要花太多時間。

等待的期間，船身不斷隨波浪搖擺，但是沒有任何人嘔吐。可能是習慣了吧，抑或是緊張的關係。

大家又繼續等待，等到影子的角度都改變了。然後，就在隊長命令部下們替移動做準備時。

「請看一下正面稍微偏右的地方！」

有人大聲喊叫，然後全體成員都往海岸看。

那裡，出現了生物的蹤影。

該生物體形龐大，身高達二公尺以上，而且是黑色的生物，全身不僅毛茸茸還黑漆抹烏的。身上並沒有穿衣服，他是用粗壯的兩隻腳站立，在海岸行走。

如果要用一句話形容，那應該是後來進化成人類的生物，也就是「猿人」吧。

可是那傢伙的長相與其稱為猿猴，不如說比較接近凶猛的肉食獸。因此跟猿人有點不同呢。既然像是野獸與人類的混種，乾脆稱為「獸人」好了。

獸人踏著沉重腳步走過來，然後在岸邊停了下來。他毛茸茸的臉面向這邊，然後用又大又圓的兩隻眼睛，直盯著這邊看。

當然啦，船上掀起一陣歡呼聲。

芙特則是先幫那個生物拍一張照。

「蘇……那是什麼？」

因為她只想讓我聽到，悄聲詢問著。所以我也小聲回答。

「不知道。但目前可以確定的，只有那傢伙存在於這座小島呢。」

「那麼……當初留置在此的人們都……」

「或許吧。」

「怎麼會這樣……」

「雖然還不知道情況如何，但假如妳看到不想看到的景象，也得接受現實喔。」

就在我們討論最糟的可能性時，海岸則發生更令人吃驚的事。

大量的，數目不只是十幾二十隻的獸人，不斷從森林裡陸續冒出來。體型從大到小都有。

獸人們的數量，不到一會兒就超過一百。光是有這麼多的獸人棲息，就能夠讓剛才提問的答覆從「或許吧」變更成「不用想也是吧」。

比他們還要弱勢的人類要在這座島上生活，根本是強人所難。

「喔喔喔喔喔喔喔喔！這該如何形容才好……」

我們聽到隊長大叫的聲音，那應該是讚嘆吧。

「準備登陸！快點準備輪胎吧！」

咦？

我不解地歪著頭（這當然是比喻的表現），只見那些男男女女開始利索地作業。他們用絞盤把拉上來的輪胎往下放，再用螺栓把它固定在驅動軸上。

當船變身成水陸兩用車後，隊長便下令登陸。

科學的結晶憑著螺旋槳的力量前進，然後一接近岩岸，就直接衝上去。

如果是一般的船隻，船底應該受到磨擦觸礁了，但這艘船卻非尋常船隻。只見船隻憑著那股態勢，讓巨大輪胎直接攀登到岩石上面，而且在沒什麼搖晃的情況下，順利地成功登陸。

讓這種巨體登陸應該算是相當生動的景象吧，簡直像鯨魚上岸般。就連那些獸人們都往後退，逃往距離海岸約三十公尺遠的森林裡。

可是，過沒幾分鐘他們又慢慢現身，一面保持大約二十公尺的距離，一面興致勃勃地眺望陸地上的船隻。

至於獸人們之間的對話，在我聽來就像是發出喔哇喔哇、嘎啊嘎啊的聲音而已。

我當然根本就聽不懂。雖說我是精通各種語言的摩托車，但聽不懂就是聽不懂，哪個人來幫忙翻譯吧。

芙特戰戰兢兢地從甲板邊緣探出頭看，只見她下個瞬間就正大光明拿出相機對準目標拍攝。好不可思議的雙面人。

不過話說回來，我實在不懂隊長怎麼會在這種情況下讓船隻登陸。要是這種人數的獸人們一起撲上來並爬上船的話，可是相當恐怖的。還是說他覺得有說服者，所以根本不是問題？

「阿爾法！看你的了！」

隊長呼喚他的部下。

「知、知道了！那麼我過去了！」

瘦弱的少年，用跟他的形象完全不搭的吆喝聲回答，他從甲板跑到前端。才想說他要做什麼，只見他突然開始脫衣服。

他脫下黑色襯衫、靴子與長褲，終於連內褲也脫掉。

「呀啊……」
看到眼前突然上演的脫衣秀，芙特不禁小聲哀號。
「喂，太有趣了，快點拍啊。」
「我不要啦！」
「妳不是負責記錄嗎？」
「可是！」
正當我覺得那景象很有趣而煽動芙特拍攝的時候，阿爾法把襪子也脫掉，整個人變得光溜溜的。
他就這樣讓沒長什麼肌肉，膚色白皙又瘦弱的身體暴露在太陽底下。
「呀！」
然後做出令人無法置信的舉動。
「咦！」「喔啊！」
芙特與我的聲音完全同調。我們當然會驚訝，因為阿爾法從船頭縱身一跳，從四公尺高的地方跳落至海岸。
我還以為這個笨蛋死定了。就算沒死，也會慘到雙腳骨折吧。

結果阿爾法卻辜負我的期待——不對，是彷彿辜負我的不安般，輕盈地降落在大石頭上。他雙腳的肌肉突然隆起，穩穩支撐住他的身體。

就算是職業運動選手，應該也不敢做這種嘗試吧。真是驚人的身體能力。這傢伙，根本是真人不露相呢。

「芙特小姐，接下來就麻煩妳仔細攝影了。」

不知何時來到我們旁邊的隊長如此說道。

當然芙特她本來就做好隨時拍攝的準備，脖子早就掛著裝有照片能拍攝三十六張的底片的備用相機。

「知、知道了。」

當她這麼回答，已經拍下一張著地的全裸男。快門發出「啪嚓」的清脆聲音，緊接著是以手動的方式「唰哩」地捲一格底片的聲響。

不過裸體男，就在過沒多久開始出現變化。

他那有如棍棒般細長，像去皮馬鈴薯般白皙的身體，忽然間整個隆起來。

「咦？」

儘管芙特大吃一驚，卻又拍了一張。

我也非常訝異。如果就我看到的範圍描述的話——

就是阿爾法開始產生變化。

他纖細的身體急遽地變粗壯，二倍，不，超過三倍。從他的皮膚還長出毛髮，毛髮緩慢變長，直到他全身變得烏漆抹黑。

「那是我們過去的模樣。」

隊長告訴持續拍照的芙特還有我，他的語氣簡直像學校的老師那樣沉穩。

「在我們過去居住的國家，我們好像是利用遠古的技術，改變肉體訊息而變成介於人類與野獸之間的一族。據說是為了在戰場有活躍的表現，所以用惡魔的技術創造出來的。」

原來如此啊……哎呀呀，雖然我知道人類會創造非常離譜的事物，想不到連這種怪——不對，連這種「強大生物」都創造得出來。

「平時我們就像正常人般生活，但是遇到重大狀況，就會像那樣憑自己的意志變化。」

要不是眼前的阿爾法變身了，否則我會懷疑隊長是不是在說醉話呢。

「但正因為如此，我們才受到歧視，受到迫害。當戰爭逐漸減少的同時，全國就開始疏遠那種力量。」

這個嘛，也難怪啦。要是這樣的傢伙造反，在國內大鬧，一般人類會感到恐懼呢。

此時芙特又拍了一張照，眼睛沒離開取景窗地詢問：

「所以……大家就離開國家了嗎……」

「是的……如果繼續留下來，恐怕會被處死。即使將遭到那種對待，我們祖先也沒打算殺掉那幾萬人以君臨天下。」

阿爾法的變化慢慢地持續。雖然他的肌肉一下子就變得發達，不過毛髮就沒長那麼快。而「島上的夥伴們」則一直凝視他變化的過程。

「變化後的我們，有著超越人類的力量。還有剛毅的生命力。所以，在當初那嚴酷的航海期間，聽說眾人一直是處於變化的狀態。」

啊，原來如此。否則，根本就不可能靠木筏橫越大海。

「然後，留置在島上的時候，也是啊……」

我不知不覺就脫口而出。雖然我原本打算靜靜地聽，但如此一來話題進展會比較快吧？

「咦？」

芙特似乎完全沒料到，她訝異地看著我，然後再看向鬍子男的臉。

「沒錯。」

看到隊長堅定點頭回應，芙特又把視線移回取景窗，繼續她的工作。

「所以，我們早就有心理準備。被留在絕海孤島這種嚴酷環境的他們，究竟該如何活下去。據說就連我們的祖先，在抵達新國家時，也為了使用力量而以變化的狀態活動好一陣子呢。」

原來如此啊。所以，他們無法居住在會被周遭人們看到的場所呢。可是，因為我又有新的疑問，所以就毫不客氣地詢問隊長。

「那麼，為什麼你們全都變成人類的模樣呢？在被那兩個旅行者發現前，維持那個模樣不就好了？」

隊長很乾脆地回答我的問題。

「因為我們的壽命極端縮短了。若繼續維持變化的狀態，我們只活短短幾年就會死掉。據說老化速度，是人類模樣的十倍以上。」

「原來如此，我明白了。」

總而言之，擁有超級力量的代價，就是劇烈加速新陳代謝的腳步。因為生物的細胞可分裂次數，好像有限呢。

如果說強大的生命力與延長壽命，究竟要選哪一個，我想應該都是選後者吧。只不過，還要附上如果能居住在安全國家內這種但書。

「然後在歲月流逝，與世代交替中，我們的祖先知道一件可怕的事……」

聽到隊長這句話——

「難不成……」

仍然望著取景窗的芙特喃喃說道。這次連這傢伙也察覺到了啊，我當然也知道是什麼事。

「沒錯，就是祖先們喪失了變化的能力。從他們孩子那一代、孫子那一代、曾孫那一代——力量不斷地喪失，到最後沒有一個人……」

隊長之所以強忍著淚水，應該也是對自己的無能為力感到悔恨吧。無論如何拚命鍛鍊身體，無能為力的事就是無能為力。

「原來如此。這幾百年來之所以沒去救他們，那也是理由之一吧？不，應該說，那反而是最重要的理由吧？」

我毫不留情地詢問。如此痛苦的發言，與其讓他們自己說，倒不如經過詢問之後再答覆，心情會比較輕鬆點吧？這就是所謂的解圍呢。

「沒錯……我們世世代代都在害怕。害怕留在島上的夥伴迫於需要得以變化的狀態活下去，該不會就此無法回復人類的模樣……然後，如同我們喪失變化狀態的語言一般，他們該不會也喪失人類狀態的語言……」

啊，難怪他們會猶豫該不該前來救援呢。

老實說那天吃晚餐的時候，我愕然心想「就算沒有科學的力量，既然都過了四百年，只要努力一下應該還是辦得到吧？」不過既然他們打從心底害怕去救夥伴的話，那就沒輒了呢。

在海岸的阿爾法，他的變化結束了。

那位身材瘦弱的少年已不復見，原本個子很高的阿爾法，現在全身的肌肉隆起，還覆蓋了剛毛，完完全全是名獸人。就字面的意義來說，確實是徹底變了個人。

於是我說：

「這次你們像這樣大陣仗地出發，應該不只是有了這交通工具的關係吧。我猜是託那傢伙的福。」

「沒錯……阿爾法是睽違超過三百年才誕生的，唯一可以完全變化的人。雖然完全不知道理由為何……」

這算是隔代遺傳嗎？還是說叫返祖？

「你應該無法想像，當時全國的情緒有多麼沸騰。」

算是吧，確實無法想像。

「我們的目的，是途中不管有多少夥伴倒下，都要設法將阿爾法帶到這座島。」

原來如此。可是，就結果來說算是全體成員平安抵達了，你也很了不起喔，隊長。

獸人化的阿爾法，慢慢接近島上的獸人們。他們嘎啊嘎啊地不知道說些什麼，當然我們完全聽不懂是什麼意思。只能夠等待會兒他變回人類的時候再問。

此時阿爾法被團團圍住。已經分不清哪一個才是阿爾法。

然後，那團獸人消失在森林裡。無論是大的或是小的，全都從我們的視野消失了。

如此一來，我們只能夠等待。

在甲板上以威風凜凜的姿態站立的隊長，也因為部下的勸說而坐下來。

在海上等待的二艘船，靠著手旗通信傳達訊息。全體成員都在一個勁等待，我跟芙特也在等待。

「你覺得會變成什麼樣呢？蘇。」

等待途中突然被這麼問——

「不知道耶。」

我也老實回答。

當太陽的位置更傾斜時，阿爾法回到水路兩用車。

等待的期間真的超無聊。不僅沒任何人說話，也不曉得什麼時候會有消息，所以只能在原地待命。

還有，才想說天空怎麼開始烏雲密布，結果居然下起滂沱大雨。雖然知道夏天常會下西北雨，但是在甲板上被淋得濕答答的，對摩托車來說感覺也不好受。

說到芙特，她披著自備的披風式外套，把相機抱在下面，並耐心等待。儘管芙特的高級相機稍微淋點雨是沒關係，但最好是不要被淋濕。

當雨勢趨緩，逐漸能看見雲間狹縫時，阿爾法總算從森林裡現身了。那是負責監視的女子發現到的。

當然，剛開始並不知道那是阿爾法。只見一名獸人搖搖晃晃地從森林裡現身，踩著不穩的腳步朝這邊走過來。

芙特用望遠鏡頭窺視。

「啊！」

然後發現是阿爾法。我也看出是他了。他身上那些獸人毛髮，每當他邁出一步就不斷脫落，肌肉也慢慢消退。

變回人類的阿爾法，設法走到水陸兩用車這裡，就當場癱坐在地。在那裡的是全裸而且身材瘦弱的少年。

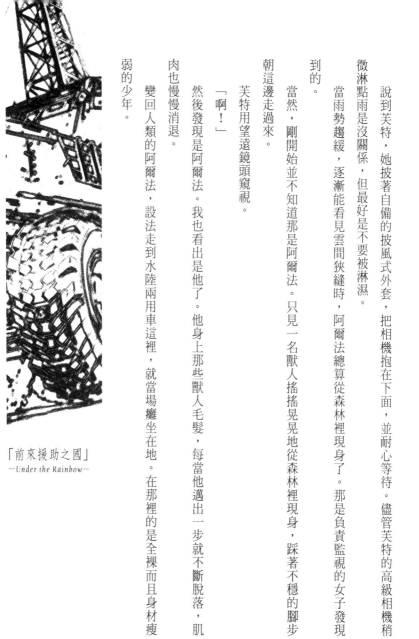

夥伴們放下繩梯，體格健壯的男性們輕輕鬆鬆把阿爾法扛到被雨打濕的甲板上。

接著大量的食物與飲料立刻送上來。

虛弱的阿爾法一坐起身，就維持全裸模樣以猛烈態勢開始大口吃東西。他雙手並用不斷地把食物塞進嘴裡，偶爾會從水壺讓水流進胃裡。

對我還有拍照的芙特來說，都已經知道他食量驚人的理由。因為他的變化，會劇烈消耗身體能量。恐怕是細胞改造的關係，這也難怪。

等好不容易平靜下來時，他已經吃了一日以上分量的食物。穿回之前脫掉的衣服，回復平靜的阿爾法——

「……結、結、結果不行啊啊啊啊！」

就在他大叫的同時還哭出來，而且是嚎啕大哭。

什麼嘛，原來這傢伙也會哭呢。我格外地感慨萬千。至於芙特，雖然嚇了一跳，但還是幫他拍一張照。然後，連同隊長在內的夥伴們——

「…………」

都剎那間無言以對。然後，才問他發生什麼事。阿爾法則一把鼻涕一把眼淚地回答：

「不行！不管我說幾次，無論怎麼解釋，就是行不通！他們對我說『我們不認識你們』！」

芙特拍下隊長臉色驟變的一瞬間。

根據阿爾法的說法，對方似乎堅持不認識他們。

儘管阿爾法嘗試向他們解釋大約五百年前，大家被大國驅逐後在這裡分道揚鑣，現在這些人是為了兌現承諾來接他們離開的。

「那些人只是說『不知道，我們從好幾千年前就住在這裡』！就算我說他們原本是被改造的人類，他們也說『不可能有那種事』！還說『他們從上天造物時就是這副模樣』！」

「那麼對於你的事，他們怎麼說？」

阿爾法哭喊地回答隊長的問題：

「他們說我是冒牌貨！說我只是變裝的！明明我們的語言相通！他們卻完全不肯接受我的說法！」

大叫之後，氣喘吁吁的阿爾法又說出很驚人的話：

「結果到最後，他們就說：講這些奇怪話的冒牌貨給我滾！還說如果不離開，就把你殺來吃了！」

「隊長！請你過來看森林那邊！」

一名女子大叫。

全體把視線從阿爾法的身上轉移到沿岸的森林。芙特則是把鏡頭對準那邊。

哇！這下糟了！

出現在眼前的，是那群獸人。

而且跟剛才看到的不同之處，是他們所有人，手上都拿著粗大的圓木。他們像是拿著普通的棍棒般，輕輕鬆鬆拿起粗約幾十公分，長約五公尺以上的木頭。可見他們的肌力非常驚人呢。

「怎、怎麼會這樣！」

就算隊長的膽子一向很大，看到這幅景象也應該嚇到了吧。

獸人們拿那些圓木想做什麼，即使語言不通也知道。這個嘛，當然不是要升營火用。

要是被那些木頭打到，就算是這輛水陸兩用車也不可能平安無事吧。要是被他們入侵的話，天哪，我根本想都不敢想。

「後退！立刻退到海面上！」

鬍子男的決定非常快速。當下立刻發動引擎，車體也開始慢慢往後退。

「前來援助之國」
—Under the Rainbow—

這時候已經聽到獸人們的叫聲。不是「嘎啊！」就是「咕呀！」等等，不過我聽不出是什麼意思啦。

獸人們傾全力衝過來，揮起手上的圓木——

不愧是科學的力量，水陸兩用車的速度很快，車體直接往後退到海裡並濺起水花，然後螺旋槳就立刻開始反向迴轉。

只是獸人們，還在追趕不斷遠離海岸的我們。

直到海水淹到他們的腰部才放棄追趕，不過卻把圓木朝我們這邊丟。幸虧命中的距離完全不夠，只見落下的圓木在距離船頭相當遠的前方，噗通噗通地激起水柱。

「呼咿……」

芙特嚇得尖叫且仰躺在甲板上，在這之前她一直在拍照。大概也有捕捉到獸人攻擊的瞬間決定性畫面，真有她的。

「哎呀~好危險喔，妳有沒有受傷？」

「我沒事……」

「既然沒事，就再多拍一些吧。這次也拍一下那群蒼白著臉的傢伙。」

在甲板上，除了隊長以外，所有人都露出彷彿明天就沒命的表情。至於在哭泣的，就只有阿爾法而已。

此時的眾人如舉辦葬禮般，就某種意義來說，他們面對的是更悲傷的現實。

「……」

至於芙特，只是默默拍攝他們。

沒錯，因為留下紀錄是這傢伙的工作。

當船撤退到海面，其他兩艘姊妹船靠了過來，並詢問發生什麼事。

隊長把事情從頭到尾告訴全體成員。雖然他們果真受到很大的打擊，但也是沒辦法的事。

此時隊長立即做出決定，他決定要盡快返回祖國。既然視為一線希望的阿爾法也行不通，就目前的判斷來說，只能夠先回國再說了。

那或許是痛苦的決定，不過做那種決定正是隊長的職務。

於是三艘船背對島嶼，開始全速逃跑。這時候雨幾乎停了，四周也變得豁然開朗。

芙特則是走向船尾。她似乎把我給忘了，所以我拜託其中一名男性，把我推到芙特旁邊。

芙特對著島嶼拍了好幾張照。

「為什麼……」

然後難過地喃喃說道。

「不曉得呢。」

「哇！蘇，你怎麼會在這裡！」

芙特訝異地跳起來。

「我自己跑來的——這當然是騙人的。是我請人把我推過來。我只是想跟妳說，在意已經發生的事，並不在妳的工作範圍。」

「…………啊，嗯……謝謝你。」

然後，芙特一直看著那座島。她不發一語地一直望著那座慢慢變小的島嶼。

我們所在地的雖然雨停了，但島嶼四周還稍微在下。由於背對太陽的關係，當陽光突破雲層照下來時，剎那間，形成一道美麗的彩虹。
宛如是架在島上的拱橋。也讓我們在最後，欣賞到美麗的景色。
「啊啊……非常美呢。」
芙特不經意地喃喃自語。
「妳不拍嗎？島嶼跟彩虹結合的景色，可是沒第二次的機會拍攝，這應該是絕佳的拍攝主體吧？」
當我這麼問，芙特則回答我「已經太遠了」。島嶼的確是愈來愈小了。
「妳不是帶了那個超望遠鏡頭嗎？」
「啊！對喔……」
芙特衝到自己擺在甲板的公事包，然後拿出腳架與超望遠鏡頭。她把相機固定在腳架，把鏡頭裝在相機上，然後對準島嶼。
芙特推算船搖擺的時間點，並一次又一次地按下快門。
這趟旅行的去程花了七天時間，但回程只花四天就完成。
可能是他們急著想快點回祖國報告吧，不過能夠這麼快回來的理由其實很多。

像是不用太擔心燃料不夠，因此就全速渡海。還有已經摸清楚道路情況、天氣一直很好，還有大地也沒有泥濘不堪。在道路無比筆直的地方，雖說行進速度緩慢，但他們連晚上都在趕路。只是一路上，他們散發的氛圍一直很像是「參加完葬禮」。除了隊長，其他人幾乎都沉默不語，只有最低限度的必要對話。

阿爾法看上去還是以阿爾法的方式，明顯變得非常沮喪。

他什麼話都沒說，還忘記自己是芙特的助理，整天坐在甲板上動都不動。食量也變少了。因為，他只吃一般人二倍分量的食物。

而幫那些傢伙拍照的芙特，心情也是很沮喪，然後對我碎碎唸。

「嗯，好難過喔……好難過喔……」

「我懂妳的心情，不過，這也是沒辦法的事吧？接下來的發展，只能看他們怎麼決定。總之他們先回國報告，搞不好會拿什麼新的材料再去說服他們也說不定呢。」

「對喔！說得也是呢！」

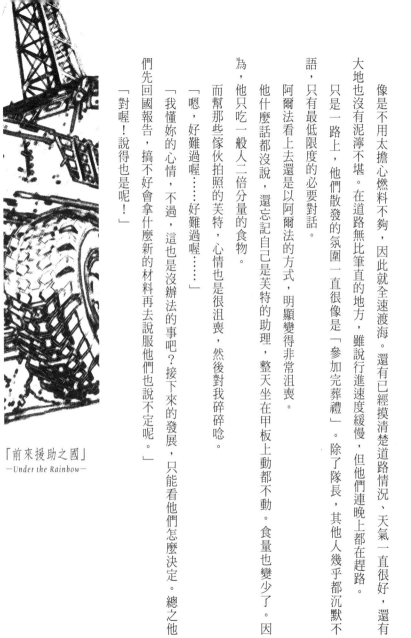

「而且妳拍的照片，應該會派上用場，如果他們想要再次挑戰，或許會再來委託妳呢。」

「嗯，我會加油的！」

就這樣，我們好不容易回到故鄉時，是出發後的第十二天晚上。天氣雖然還很熱，但似乎已經過了最熱的時期。

首先，我很高興能夠平安回來。連城牆看起來都令人感到懷念，來迎接我們的政府官員們也很高興看到我們平安歸來。

話雖如此，但芙特的工作還沒結束。她忙著把大量拍攝的照片立刻沖洗出來。那一行人在這段期間，無法離開只能等待，所以他們這次的出發，又得看芙特的進度呢。

如果為了沖洗照片而回家，光是往返就要花掉兩天。但根本沒有時間可以那麼悠哉。

為了盡快沖洗照片並交給他們，芙特跟我投宿在距離東城門不遠的旅館。那兒有睽違許久的大床，還可以沖熱水澡。

芙特當晚睡得很熟。

然後隔天早上，我們前往附近的沖印店。

芙特租下那間店，不斷把拍好的照片沖印出來。這個程序是不可能交給別人做的。畢竟都是些

不能公開的照片。幸好有政府官員在一旁幫忙趕人。

芙特她獨自在充滿醋酸味的暗房裡奮鬥。

我則是在一旁當芙特的聊天對象，也順便關心她會不會因為中暑而昏倒。所以很囉唆地提醒她要多喝水，多攝取鹽分跟糖分等等。

結果，沖印照片的作業花費整整一天的時間。到了傍晚，終於晾乾的大量照片，整疊放進交貨用的紙袋裡。每一張照片都是很珍貴的紀錄。

原本以為一切就這麼結束了，但芙特卻把另一張照片放進其他信封裡。

「嗯？那張是什麼照片？」

「是我個人拍的照片，我挑了一張漂亮的想要給他們。」

「原來如此，是那張彩虹與島嶼的照片嗎？給我看看。」

「好啊。」

芙特把那張沖印成大型筆記本尺寸的照片拿出來。雖然是黑白照片，但明顯看得出島上出現一道彩虹。是很漂亮的一張照片。

其實她拍了很多張，我也請她都拿給我看。有看得到森林的小島特寫，還有拍攝到海岸。

而我能發現到那個——

純粹只是偶然。我大可以什麼都不說，當做沒看見就好，但經過思考後，我決定不那麼做。

「喂……剛剛的照片，可以把右下角的部分放大沖印出來嗎？然後把整張照片的明度加二左右。」

「咦？是可以啦……？」

「妳現在就去幫我沖印出來。」

「可是，這樣交照片的時間會延誤到耶？我打算現在就送過去，明天再沖印可以嗎？」

「不行。即使會延誤到明天才交也沒關係，現在就馬上沖印出來。」

「…………知道了。」

雖然芙特露出疑惑的表情，但是聽到我話說到這個份上，可能也察覺到什麼了吧，所以她又進去暗房了。

不久，她照我說的沖印出一張放大的照片，雖然還是濕濕的，不過芙特已經把它拿出來了。

我看到那個並仔細做確認，然後叫芙特拿放大鏡看。

芙特用洗衣夾把照片夾在曬乾用的繩索上，然後仔細看那張照片。

她一看——

「天哪！這個！蘇！這個！」

也難怪她會大吃一驚。

那張照片上面，有島嶼跟森林——

然後還拍到在樹上，一起對著船揮手道別的獸人們。

這是發生在隔天早上，黎明過後沒多久的事。

芙特揹起裝有放照片紙袋的後背包，然後騎著我從旅館出發，前往那一行人休息的場所。

他們並沒有住旅館，只是把水陸兩用車停在寬敞公園的停車場，然後直接在上面睡覺。不過，這國家的警察還守在他們四周，看來疲憊不堪的他們，大多數都還在睡吧。

不過幸運的是——

「過來一下，我有話想跟你說……」

「咦？」

芙特成功把剛剛獨自散步的阿爾法叫過來。原本很煩惱該怎麼只跟這傢伙說，但沒想到對方竟主動幫我們製造契機。

在清晨涼爽的空氣中，芙特跟我還有阿爾法，來到距離水陸兩用車較遠的地點。小溪畔設有長板凳，於是他們兩人坐在那裡。背後是小河，前方是水陸兩用車。如此一來，也不用擔心談話被其他人聽到。

雖然阿爾法現在已經不哭了，但他今天的表情，一樣看不出在想些什麼。也不知道他的腦袋在盤算什麼。

可是，唯獨這點一定要問問他才行。芙特從後背包拿出照片給阿爾法看，是那張放大的彩虹與小島的照片。

阿爾法面不改色，不過，他的眼皮是不是稍微動了一毫米啊？芙特當然是看不出吧。

賓果。這傢伙知道些什麼。

「果然沒錯。」

我開了個頭。說起來，煽動芙特做這件事的人是我。雖然我有點討厭這麼做。

阿爾法表情茫然地看著我。

「那也是沒辦法的事啊。」

他用聽起來睏倦的聲音說道。

「無法變成獸人的國民們，與無法變回人類的島民們——妳認為他們有辦法一起生活嗎？」

「…………」

芙特屏住氣息沒說話。那也難怪，實質上來說阿爾法算是自白。果然，被我猜中了。

這傢伙在島上，曾經跟獸人們推心置腹地討論過。

他被追殺是一場騙局，遭到攻擊也是演出來的。

直到最後的最後一刻，獸人們覺得對方應該看不見他們了，才對船隻揮手道別。對於睽違五百年來迎接他們的同胞，是真心充滿感謝的。

而那景象，碰巧被芙特的超望遠鏡頭捕捉到。

「…………」

芙特一直沒說話，她的表情僵硬，並且等阿爾法說下一句話。要芙特說刻薄的話是不可能的事，沒辦法，這時候只有讓我來了。

「和諧融洽地一起生活？這個嘛，我想應該是不可能吧。畢竟你們那些同胞，是力量、壽命跟生活方式都不一樣的生物呢。」

「對吧？島上的大家比我們還要清楚，也早就知道這點根本連爭論都不用。所以，就懇求我幫他們說謊，雖然我們談了很久，但實際上，我早就被他們說服了。」

原來如此，雖然他用自己的方式抵抗，或者該說反抗吧。畢竟自己，的確是背負現在居住的國家誓必實現的心願而來呢。

不過我很好奇的是，既然那樣，他為什麼在最後會讓步呢。所以，我毫不客氣地問他。

「關鍵是什麼？」

結果，他給了我完全預料不到的答案。

「因為我，怎麼樣都哭不出來。」

「什麼？」

「旅行期間，還有現在，你們看我這個樣子，不覺得『這傢伙很愚鈍嗎？』。」

「有啊，我有過好幾次這種想法。」

芙特的臉色變了，不過先假裝沒看到。

「我啊，感覺比一般人還要遲鈍。不僅對疼痛如此，心情變化也是，對事物感動的情緒更不必說。」

的確，當所有人嚎啕大哭的時候，這傢伙卻顯得若無其事——看起來是那個樣子。

「但那是有理由的。當我的身體一產生變化，就會突然變得很敏銳。所有一切，包括五感也是，還有內心的感動。眼睛看得到的一切，都變得比過去還要美麗，覺得所有事物都變得很棒。如果變成獸人時的感覺是一百，那麼當人類時的感覺，大概還不到二十。」

「原來如此，力量變強大的話，感覺與感性也會跟著變強呢。雖然我無法實際感受，但我能了解你的意思喔。因為我是摩托車，感覺跟人類並不一樣。」

「是啊，說的對。然後我心裡這麼想：『同樣無法哭泣的生物，是無法一起生活的』。」

「原來如此，我理解了。我想問的事情就到此為止。」

當我結束我們的對話時——

「芙特，現在怎麼辦？」

「咦？啊？什、什麼怎麼辦？」

「就是我們是否要把這件事情告訴鬍子男。因為妳的工作是進行記錄，等一下妳不是要提交那些『紀錄』給他嗎？要把目前妳手裡的照片全給他嗎？」

「…………」

芙特沒有說話，視線也從我這邊轉移到阿爾法。

然後，過了幾十秒，她說了答案。

當初我們把屋子交給政府官員管理，看來他們似乎很盡責呢。

在夕陽染紅的白楊大道，小小的相館還是跟出發時一樣佇立著。就連「本相館臨時休業一陣子」的告示牌，也掛得好好的。

我們估計住家跟相館將會空著十五天，信箱大概已經塞滿委託工作的信件吧。

芙特拉開睽違許久的鐵捲門，然後把我推進住家，再進入相館。

她把我立在固定位置後首先做的事，並不是把店門口那幾個裝有器材的公事包搬進裡面。

「找到了！」

而是從櫥櫃下面的木箱，找出還沒裝任何照片的相框。

然後，找個牆壁空著的位置，接著開始咚咚咚地釘釘子，好用來掛那幅相框。

這時候我開口詢問：

「話說回來，我們還沒問他下決心的理由是什麼呢——」

畢竟我們一大早，就跟負責開車的政府官員在一起而無法交談。而且，累癱了的芙特在回到相館前，幾乎一路上都在睡覺。

「怎麼了？」

釘完釘子的芙特回過頭來對我微笑。

「我跟你說——」

然後，說了她的理由。

「那個人，就只哭那麼一次吧？」
「啊？是啊，應該是他離開島嶼說謊的時候吧。」
「沒錯。說自己『哭不出來』的人，明明處於人類的狀態，卻嚎啕大哭成那樣耶？看起來是那麼那麼的悲傷。」
「對喔，說得也是呢。原來如此。」
我都給忘了。
連因為感覺薄弱而對事物毫無感動的阿爾法，都哭得那麼傷心。
那傷心的程度，跟鬍子男與其他夥伴的眼淚在程度上就不一樣。當然隊長他們也很悔恨。
但是比他們還要感到悔恨不已的，就只有阿爾法。
因為他不能讓別人看出那是灌注如此深刻的用意，所做出來的重大決定呢。
芙特打開桌上的相框，然後把後背包裡拿出來的一張黑白照片夾在裡面，再緊緊地合起來。
接著把相框，掛在剛剛打上的釘子。
在滿是照片的店裡，又多了一張。
那是以彩虹為背景，靜靜佇立的小島。

第八話
「拚命射擊之國」
—*Busters*—

第八話「拚命射擊之國」

——Busters——

「旅行者——呃……妳的名字是『奇諾』對吧？奇諾妳是否帶了說服者之類的物品？」

在城門接受入境審查官詢問，名叫奇諾的年輕旅行者說：

「有。」

她點了點頭，慢慢脫下穿在身上的棕色大衣。

「借我放一下喔，漢密斯。」

她一面那麼說，一面把大衣擺在剛才騎到這裡，載滿旅行用品的摩托車上面。

奇諾改變身體的角度，讓入境審查官檢查她收在皮製槍套裡，懸掛在右腰的大口徑左輪手槍。

然後又轉過身來，腰後是一挺收在塑膠製槍套裡，細長型的自動連發式說服者。

「這兩挺是我全部持有的掌中說服者，如果入境之際有必要暫時繳出，我會遵守——」

「不！」

這名打斷奇諾的話，看起來三十幾歲，穿著藏青色長褲套裝的女入境審查官看似開心地說：

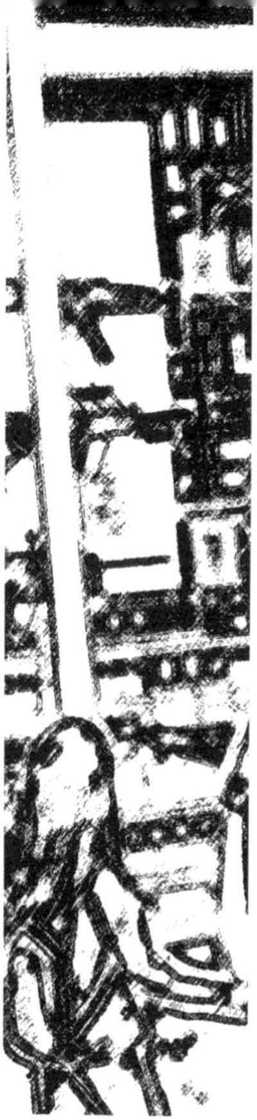

「那沒有任何問題！請妳就這樣直接攜入境內，居民們反而會很高興！」

「啊？」

奇諾不解地歪著頭。

「為什麼呢？可攜槍入境的國家雖然一點也不少見，但是『居民們會很高興』這句話，我倒是頭一次聽到呢。」

叫做漢密斯的摩托車如此詢問。

「咦，是那樣啊！」

入境審查官笑咪咪地說道。

然後，她解開身上的套裝鈕釦，用左手往前掀開，藉此代替回答漢密斯的詢問。在她的腋下，有個黑色皮製的肩掛式槍套，裡面收納一挺中型的自動式說服者。

「這邊也有。」

她抬起右腳，捲起西裝褲褲腳。腳踝上也有槍套，裡面收了一挺小型的左輪手槍。接著同樣捲起左邊的褲腳，那裡也有一挺。

「我今天只帶三挺而已。」

「天哪～」

漢密斯如此說道，奇諾則是詢問：

「這國家的治安有那麼糟糕嗎？」

「什麼？——不不不，這些說服者並不是用來自衛的。」

「妳的意思是？」

「其實很單純啦。譬如說，有些家庭會在牆壁裝飾許多畫作，妳覺得那是為什麼呢？」

「因為住在裡面的人喜歡畫？」

「沒錯！這國家的居民，全都非常喜歡說服者！至於細節，妳入境後就馬上知道！奇諾、漢密斯，歡迎光臨我國！」

入境後的奇諾與漢密斯，馬上就明白她那些話的意思。

當他們進入城鎮，發現建築物櫛比鱗次，但裝飾在上面的招牌，竟是滿滿的說服者。

「啊，這次是獵槍的招牌唷，奇諾。還標示了『非常適合窮盡追求長程與強大力量的你！』那邊的是新型彈頭呢。原來是連鐵板都能輕鬆貫穿的碳化鎢彈啊。可是，那應該很貴吧？」

「嗯，說服者還真是多得嚇人……」

看了一下走在路上的居民，每個人的身上都佩戴槍套。有的把槍套懸掛在腰部或腿部，有些穿著外套的，但明顯看到有物體從裡面鼓起來。

而且不只是掌中說服者，也有人扛著步槍或散彈說服者走。

攜帶說服者的不光是大人，小孩子也提著可愛的槍套，或是扛著小型且色彩繽紛的步槍。

路上有汽車行駛，但是有不少車輛在座椅之間設置固定步槍用的架子，架子上當然也放了步槍。

奇諾一面讓漢密斯慢慢推進，一面喃喃地說：

「嗯，『說服者密度』如此高的國家，還真的是頭一次遇到呢。」

漢密斯則回答：

「沒帶說服者的應該只有嬰兒吧？我看十名居民，就有四十挺以上的說服者呢。奇諾妳只有二

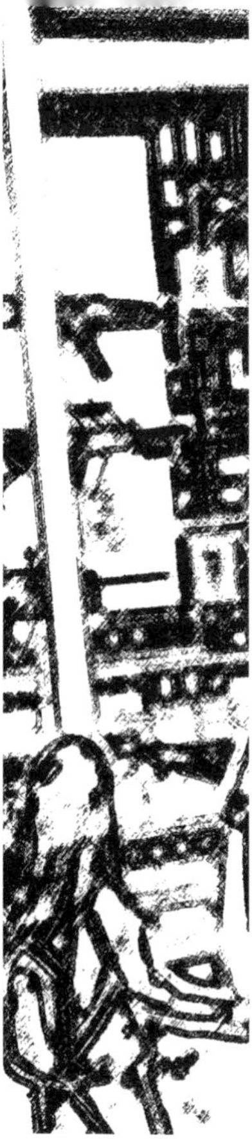

挺。這就輸他們了，妳毫無勝算，得逃離這裡才行。」

「是勝負的問題嗎？不管怎樣，若是無謂的爭鬥我就會逃跑。」

「所謂田螺只吸附在那個浮標上，對吧？（註：漢密斯其實想說君子不近刑人）」

「…………」

「對，就是那個！」

天色漸暗，奇諾與漢密斯抵達入境審查官介紹的飯店。

一走進裡面，服務生與櫃檯人員都理所當然般在腰際佩戴說服者。

而且飯店大廳旁邊，就是室內射擊場的入口。只見客人們在推車載滿大量的說服者與彈藥，開心談笑地走進去。

「您是旅行者吧？我有收到聯絡。但是有關住宿的房間，我有一個問題想問您。這是入境審查官不小心忘記問的問題——」

「是，請問是什麼問題呢？」

「是那個啦，奇諾。應該是跟妳確認要不要住摩托車可進入的房間，會不會是那個問題！」

漢密斯小聲說道，但結果並不是。櫃檯人員如此回答：

「您要住附有室內射擊場的房間，還是沒附射擊場的房間。現在的話可以做挑選，您的意思如何呢？」

隔天，奇諾隨著黎明起床。

然後跟往常一樣，用稱之為「卡農」的左輪手槍，與稱之為「森之人」的自動式說服者進行拔槍射擊的練習——

啪咯！

然後也確實擊中。

在圍著厚實木材與水泥的細長型房間裡，唯獨槍聲在裡面迴響好幾次。同時，垂掛在房間盡頭的圓形靶紙中央開了一個洞。

「吵死了！」

用主腳架立在房間角落的漢密斯，用不輸給槍聲的聲音大叫。
奇諾把一槍擊中目標的「卡農」放回右腿的槍套裡，再從雙耳取出耳塞說：
「早安，漢密斯。這房間好棒喔。」
「哪裡棒啊！」
「可以用槍聲叫醒漢密斯呢。」
「過分！我想睡回籠覺啦，請妳安靜一點。」

啪喀咚喀滋嘎咚嘎啪啪啪啪啪啪。
拚命射擊完後，奇諾就去沖澡、吃早餐。
然後，騎著卸下包包的漢密斯，出發開始進行國內觀光。
在氣溫雖冷卻晴空萬里的藍天下，奇諾在國內四處走走看看。稍微參觀過石板路與紅磚建築後，奇諾一度打開地圖，然後朝大型市場前進。
「剛剛我先在飯店問過了，飯店的人說這個國家的首都郊區，有好幾處說服者交易很熱絡的市場。」
「原來如此，會在郊區還真有點罕見呢。一般都會在市中心吧。就算無法設在市中心，也都會

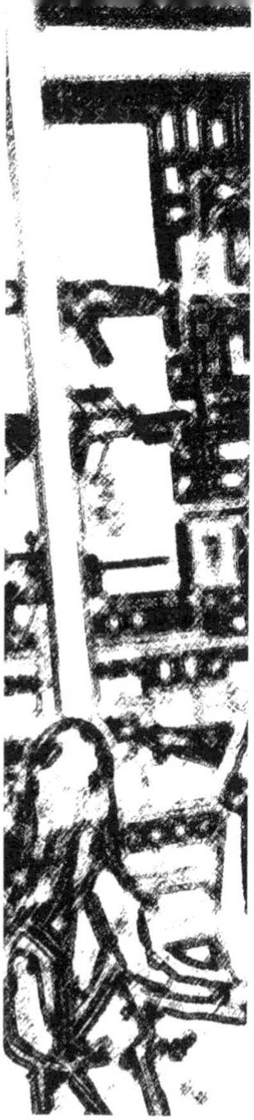

聚集在靠近市中心的地方。」

「的確沒錯，這樣會不會不方便啊？」

於是他們好不容易抵達首都郊區。正如當初打聽到的，大馬路單側是櫛比鱗次的店舖。

為什麼會設在首都郊區呢？而且店舖不開在馬路的左右兩側，反倒是單側呢？

「啊，我明白了。」

「原來如此。」

奇諾與漢密斯從遠方瞥一眼，就立刻明白了。

市場筆直地橫向延伸，至於隔著馬路的另一側，則是野外射擊場。射擊場占地非常遼闊，而且在從近到遠的各種距離都擺設了標靶。

而標靶種類也是五花八門——像是把憑聲音就能確認擊中的金屬板做成人類的形狀，做成動物的形狀等等。以及為了測量命中的精準度，可從下方進進出出的紙製標靶。還設有在空中發射被稱為泥盤的陶製盤子，再用散彈槍擊落的泥盤射擊場。

雖然才早上，但隨處均可聽到砰砰槍響。還能看見來這裡購物的人們，把裝有彈藥的木箱堆放到自己車上。

「好，總之，補充子彈跟火藥吧。」

「不補充說服者嗎？奇諾。如果在這裡，想增加多少都不是問題唷？」

雖然店鋪多到他們不知從何選起，不過——

奇諾挑選不是專門賣最新型的連發式，而是舊式說服者的店鋪，然後走進去。

「歡迎光臨！喔，妳是旅行者吧！歡迎光臨我國，歡迎光臨本店！」

中年老闆前來迎接奇諾。然後，由於這是間連手推車都能進來的寬敞店鋪，因此老闆一併替漢密斯介紹。

奇諾推著熄掉引擎的漢密斯進入店內。

在寬敞的店內，陳列滿滿的說服者。從玻璃櫃檯裡面到一整面的牆壁，都有金屬閃爍黯淡的光芒。

奇諾首先購買「卡農」用的液體火藥與點四四口徑的子彈，還有「森之人」用的點二二口徑的LR彈。用來清潔的布、藥品及其他必需品也順便購齊。

老闆看到這兩挺使用許久的說服者覺得感動，甚至還問奇諾願不願意賣他、是否願意跟他交換其他的說服者——奇諾理所當然拒絕了。

不過，當奇諾說可以讓老闆幫這兩挺進行清潔工作，順便能盡情玩賞，老闆開心地將它們分解、清潔、更換彈簧等等消耗性零件，最後還拍下可以向夥伴炫耀的照片。

結束之後，老闆招呼奇諾喝茶跟吃點心。奇諾坐在店內的桌子，心存感謝地享用。

「這國家的說服者業如此興隆，是我以前從未見過的景象。這是為什麼呢？」

奇諾如此詢問老闆。老闆單手拿著畫滿說服者的時尚馬克杯，這麼回答：

「單純來說，因為這裡是產地呢。這裡從很久以前，就是聚集金屬加工廠的國家。四周可採集到品質優良的鐵、石炭、木炭、硫黃與硝石，所以我們持續不斷製造說服者。以前因為經常有戰爭，還會出口說服者給周邊的國家。基於那樣的傳統，才使得大部分的居民至今仍熱衷於收藏與射擊說服者吧。」

「原來如此。」

奇諾理解地點了點頭並喝茶。漢密斯則半開玩笑地詢問：

「這座城市充滿那麼多的說服者，市區內會不會發生槍戰啊？雖然我們入境之後還沒看過，但人們私底下是否會偷偷舉行槍戰呢？」

老闆邊笑邊回答：

「啊哈哈，這個嘛～沒有耶。你們平常也用慣說服者，應該知道吧？知道『那是多麼可怕的東西』。」

「是的，沒錯。」

「原來如此。」

「在這個國家，父母親從孩子懂事時開始，就會教他們射擊的方法。同時，也會教他們射擊的禮儀與道德觀。小時候我們會收到威力較小的空氣槍，但就算是那種槍，假如隨便危險操作，就會被狠狠地臭罵一頓。如果想要持續喜愛危險物品，是需要自制心的。當我們在那種環境中成長，就不會萌生想用在犯罪上的意圖。順便一提，使用在犯罪的刑罰也非常重，或許那也是理由之一吧。」

語落至此的老闆——

「可是啊——」

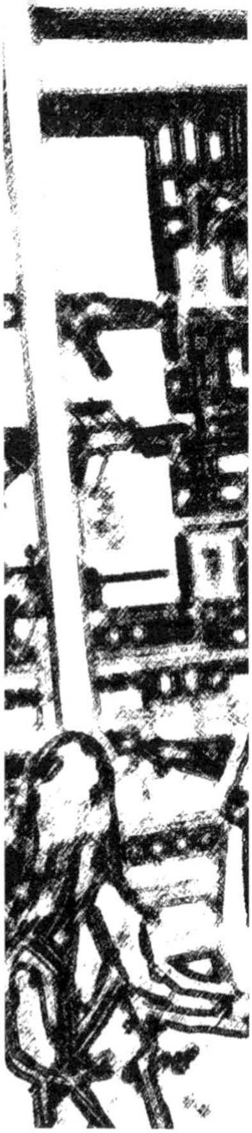

他的音調突然降了下來，然後難過地說：

「最近，治安卻有點變糟。請你們要小心看起來像流氓的年輕人喔。」

「什麼？」

奇諾小聲說道並感到不解的同時，剛好店裡的電話鈴聲大作。

「哎呀，抱歉我接個電話。」

老闆衝到電話旁，可能是什麼重要的事情吧，結果他一直在講電話。

奇諾謝謝他請的茶以後，把亮晶晶的兩挺說服者佩戴在腰上，然後推著漢密斯離開店舖。

奇諾與漢密斯離開了愈來愈熱鬧的射擊場與市場。

「奇諾？既然都來了，怎麼不好好射擊一番呢？讓大家見識見識旅行者的實力啊。」

「我覺得那應該會耗掉許多子彈，所以算了。而且，我看大家的技術好像都比我還好唷？」

走一段路後，奇諾打開地圖。看到田園地帶裡面，標示著「前首都・廢墟地區」的字樣。

「我們去看看吧！奇諾。」

「這個嘛，反正東西都買好了，現在也沒地方可去，就算沒什麼值得學習的事情也無所謂啦。」

「咦，搞不好有喔？」

於是奇諾把漢密斯的龍頭轉往那邊。

他們在幾乎沒什麼車輛往來的道路，悠哉行進了一段時間。不久，好不容易看到道路兩旁那廢墟蔓延且冷冰冰的景象。

殘留在昔日大馬路的並非招牌，而是建築物的殘骸。玻璃窗已經碎裂，四處都是枯草。

「這些古老的建築物好有味道喔～有著現今大樓所沒有的什麼東西。」

「你說的什麼東西是什麼？漢密斯。」

「就是什麼東西啊。」

當他們持續著沒有結論的對話，一面悠哉閃避瓦礫堆一面往前走的時候。

「喂！等一下——！」

有人從一間廢棄的屋子裡陸續衝出來。

人數是五人。看起來全是二十歲左右的男性。從他們紊亂的服裝判斷，似乎是當地的流氓。

奇諾把漢密斯停在擋住他們去路的五人前面。當她熄掉引擎，廢墟突然變得一片寂靜。

奇諾從漢密斯上面下來，用側腳架將他撐住，然後摘下防風眼鏡掛在脖子上。

「喂，妳這傢伙！立刻把身上所有值錢的東西都留下來！」

看似流氓的男子，說著流氓般的話。

「喔，老闆說的就是這個啊！」

漢密斯開心地讚賞起來。

「傷腦筋……」

感到驚訝的奇諾，迅速脫下大衣。露出她右腿的「卡農」，以及腰後的「森之人」。

「妳沒聽到我說的話嗎？看看這些！」

男子這麼一說，包括他在內的所有人不是手插著腰，就是把手伸進懷裡。

「…………」

右手伸向「卡農」以便迅能速拔出它的奇諾所看到的是——

「……？」

男子們手上握著的武器——有的是棍棒，有的是鐵鎚，有的是皮製的打擊系武器。

「我說大哥你們，是在鬧著玩嗎？」

漢密斯問道。

「別開玩笑了！我們幹嘛為了鬧著玩而刻意擋下你們！」

站在中間疑似帶頭的男子，真的發飆了。他右手拿著金屬製的棍棒。

「我想也是呢——」

「我們是強盜！雖然不曉得妳是什麼人，但如果不想嚐到苦頭，就快快把值錢的東西留下。只准妳帶走那輛摩托車跟說服者！」

「呃，你們是鬧著玩嗎？」

「都跟你說不是鬧著玩了！這輛臭摩托車！看我怎麼把你打成廢鐵，可惡！」

「呃，可是你們仔細看看奇諾唷。你們看，她腰部佩戴兩挺說服者喔？」

「那又怎樣？她想用那個嗎？用那個打我們嗎？」

「啥？」

漢密斯的語氣充滿疑問。

「…………」

奇諾則是不發一語地歪著頭。

「我說各位大哥，奇諾她是旅行者。她對這個國家的事情一點都不了解，要是你們願意做個說明，我們會很高興的。或許還會送上什麼謝禮喔？」

「不會有什麼謝禮啦。」

奇諾雖然這麼說，持棍棒的男子卻回答了。

「既然你都那麼說了，沒辦法！」

「不，我不會送任何謝禮的。」

「我就特別告訴你們吧！這個國家啊，如果遭到沒有拿說服者的人攻擊，但是用說服者反擊的話，是最大的禁忌喔！」

「什麼～？」「…………」

「那還用說嗎？說服者是一槍就能殺死人的武器，是很可怕的武器。關於那點，你們應該沒有

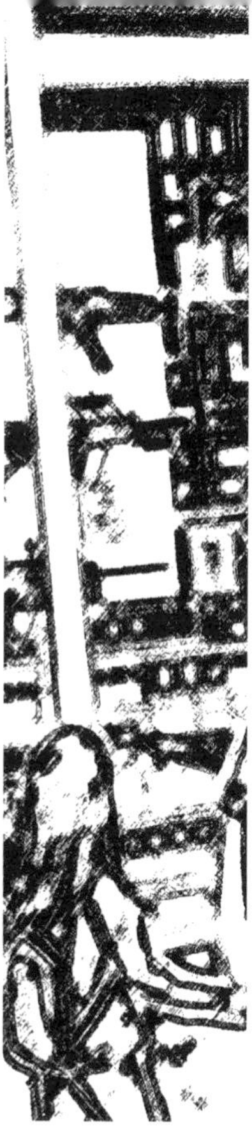

「拚命射擊之國」
—Busters—

異議吧？」
「嗯。」「…………」
「妳打算用那種強而有力的武器，對我們進行反擊嗎？仔細看清楚，我手上只拿棍棒而已喔？我們所有人都把說服者留在大本營裡。即使如此妳還要開槍嗎？怎麼樣？要開槍嗎？妳敢對我們這樣的人開槍嗎？」
「啊，我開始有些明白了。」
漢密斯如此說道，奇諾也跟著說：
「我也是。原來如此，這國家的人們正因為每天有如理所當然似的佩戴說服者，所以就變得無法輕易開槍啊。」
「真的是很耐人尋味的現象呢。」
「嗯，幸好能知道這件事。」
「也就是說，即使在廢墟也有值得學習的事情呢。」
「雖然很不甘心，不過我認同你的說法。」
奇諾與漢密斯的對話終於有了結論。
「你們兩個！」

棍棒男抓狂了。

「算了，我們動手吧！把她修理到半死不活的程度就好！」

看著五名男子衝了過來，奇諾從右腿拔出「卡農」。然後，迅速將它轉過來，改握住它細長的槍管根部。

奇諾她——

用腳絆倒第一個人，讓他跌得嘴巴含滿沙子。

接著用「卡農」的前端撞第二個人的心窩，讓他當場痛得蹲下來。

對於第三個人，則是用「卡農」的槍托往他的側腹適度毆打，當然他也是痛到蹲下來。

第四個人則是用左手往他的鼻尖賞一巴掌，讓他嚐到鼻血的味道。

「咦？」

至於最後第五個人——

她用「卡農」的槍托，從旁邊往棍棒男的臉猛擊。

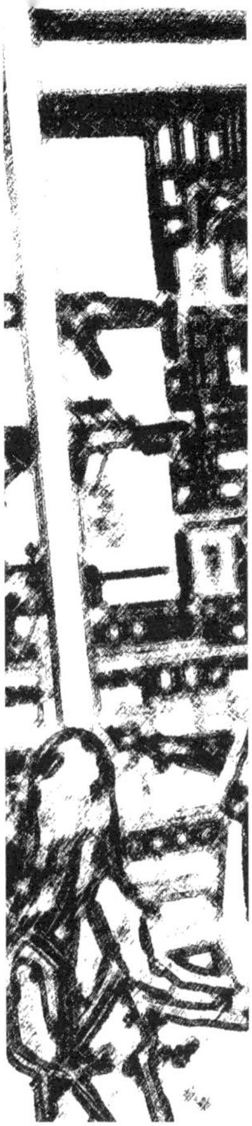

「拚命射擊之國」
—Busters—

「咿咿！」

直到他的額頭快被打破前才停手。

奇諾與漢密斯離開廢墟之後——

被奇諾好好招呼過的五名男子一面大叫：

「可惡啊啊啊啊！」

「那個混蛋旅行者！」

「去死吧吧吧吧！」

「下次再讓我遇到，絕不會放過妳的！」

「給我記住！」

一面用各自的說服者，拚命對著廢墟牆上用噴漆畫得精美，脖子掛著防風眼鏡的人像射擊。

他們的射擊本事都很精準。

射出的所有子彈，全被吸進那幅畫的左胸裡。

尾聲

「拋棄之國・a」

—Till You Drop・a—

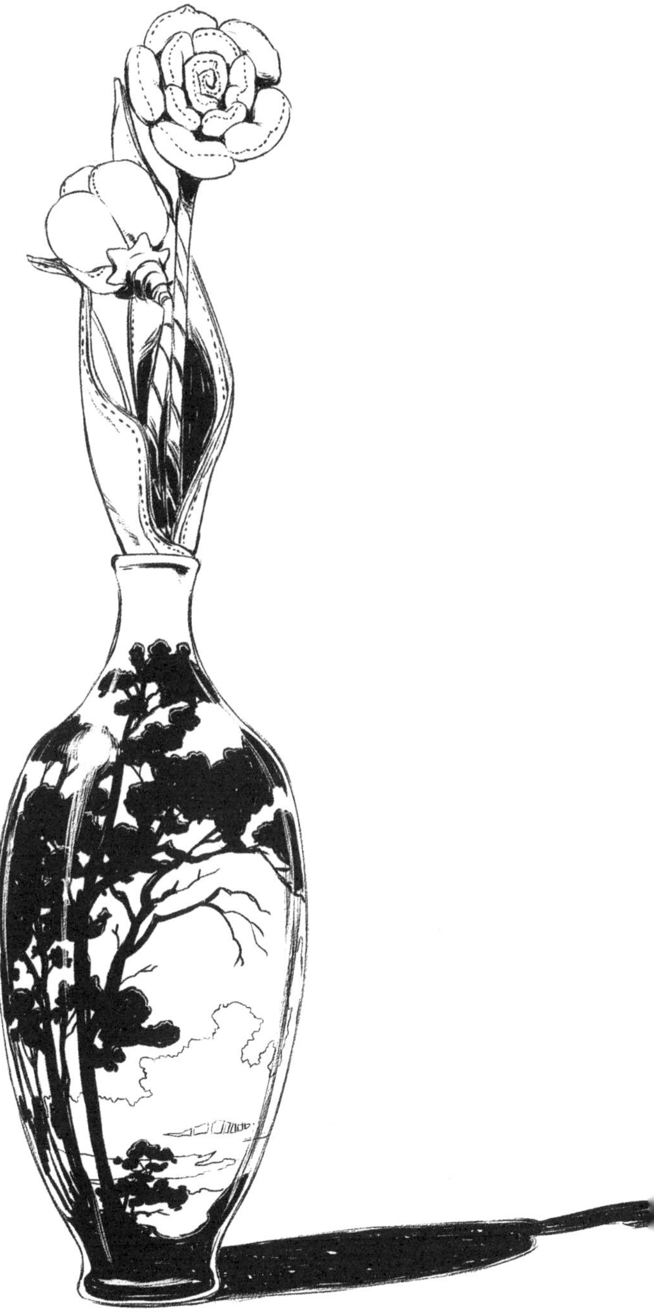

尾聲「拋棄之國・a」

—Till You Drop・a—

一輛車奔馳在寒冷的冬季山路。

那是一輛黃色且破破爛爛的小車，雖然看起來快要拋錨的樣子，但至今仍好好地奔馳著。

四周是險峻的山區，因為正值冬天，葉子早已掉光的樹木，看起來好像大量的幽靈，或者宛如綿延的墓碑。

緊貼著山坡般蜿蜒的道路非常狹窄，而且四處可見落石，因此行進變得難上加難。

右側的駕駛座，坐著個子有點矮但長相俊俏的年輕男子，他單手握著細方向盤。

而左側的副駕駛座，則坐著有一頭烏溜溜長髮的妙齡女子。她手上牢牢握著一挺步槍式且為自動連發的說服者，一副隨時可以開槍的態勢。

「真難得看到師父妳這麼提高警戒……前方到底是什麼樣的國家啊？」

駕駛座的男子神情略微緊張地說道，被稱為師父的女子則回答：

「雖然只是傳聞——」

「請儘管說。」

「聽說是個可怕的國家。像是『全員都很勇猛果敢又不怕死的士兵們守護著那個國家』，或是『如果隨便接近就會被殺光』等等。」

「哇～真可怕。」

「清楚內情的商人還說，『因為答應過他們不會說出任何細節，不過那是個相當有趣的國家。如果有空的話可以去看看。只不過，千萬別惹火那些傢伙』。」

「嗯嗯。雖然有些可怕，但也讓人有點期待呢。在這種極為不便的深山裡，會有什麼樣的國家這點也很值得玩味。」

如此說道的男子，稍微往左邊急轉彎沒多久，忽然有岩石落在兩人眼前。

「哎呀～抱歉抱歉。我還以為是小偷或密探來了呢！」

老人用完全不覺得過意不去的語氣說道。

看他的年齡，應該超過八十了吧。

他的臉上滿是皺到毫無縫隙的皺紋，頭也光禿禿的。不過他的背脊倒是很挺，是看起來非常硬朗的男性。

在他的周遭有幾名年齡相仿的老人。是女性，看得出來是老婆婆。他們全都穿著棉質襯衫與長褲這類行動方便的服裝。感覺很朝氣蓬勃。

而且更厲害的是他們全體持有的武器，每個人腰部都佩戴幾挺跟老人不搭，看起來很凶狠的大口徑掌中說服者。

老人們的面前有兩名旅行者，旅行者後面是剛剛差點被岩石壓扁的車子。

「你們是旅行者啊，請問你們到我們位於前方的國家要做什麼？如果你們願意爽快回答，大哥哥會很開心呢。我將會視回答，決定要不要留你們一條生路。」

看起來像領袖的老人，不經意說出聳動的言詞。

把步槍舉到胸前的女子回答：

「好的。我們從商人口中得知有個奇妙怪異到其實很離譜的國家，不過並不清楚詳情。於是抱持到動物園看珍禽異獸的輕鬆心情過來。」

「哇！」

在女子旁邊的男子臉色驟變。

這根本是刻意挑釁的回答。下一秒鐘，即使周遭發生被血染紅的戰鬥場面也不足為奇。於是男子的左手，稍微往位於腰部的自動連發式掌中說服者移動。

然後，就在他思考該從哪個老人開始依序射擊的下一個瞬間——

「噗哈哈哈哈哈！」

領袖老人，以及現場的所有老人都笑了出來。

「啊哈哈！妳敢那麼說還真了不起！我很欣賞妳，小姐。請來我國喝杯茶吧！」

在老人們搭乘的馬車前導下，小車行駛在道路上。

由於是又窄又險峻的道路，因此耗費不少時間。後來太陽西下，開始邁入冬天的黃昏。

好不容易走完下坡的山路，前方有個國家。

那是四周環繞著森林的小國。居民似乎利用有河川流過的盆地，進行酪農業。而且看得見幾十棟木造的房屋。

然後，這裡並沒有城牆。

「這個嘛，我們沒那個閒工夫建造。」

領袖老人說道。

「所以，就應用那個落石嗎？原來那裡是檢查哨啊。」

男旅行者說道。

「是啊，而且還兼墓園。」

領袖老人說道，聽不出他是在開玩笑還是認真的。

在變得相當昏暗的天色中，馬車與汽車行駛在有整排房舍的碎石子路上，然後停在有房舍排列的地方。

「喂～大家，有客人來了！還活著的傢伙出來吧！」

領袖老人一喊，陸陸續續有人從房子裡出來。

人數有一百人以上，而且──

「天哪！」

「……………」

兩名旅行者非常訝異。

因為這個國家出現在兩人眼前的居民們，毫無例外都是老人。

完全沒有任何年輕人。別說是嬰兒或小孩，就連青年到中年都沒半個。他們所有人，看起來似乎都超過七十歲。

身上的服裝是用毛線編織的毛衣或襯衫，然後是長褲。款式也很講究，但最重要的是顏色很鮮豔，就像南國花田般繽紛，與寒冷的空氣有如平行世界。

這兒的居民們，或者說老人們，看到兩名年輕的旅行者——紛紛說好可愛喔，或是好帥喔，或是服裝好俗喔，或是車子好破喔，或是如果我也像你們這麼年輕的話等等。總之就是開心地暢所欲言。

所有人都樂在其中，他們的態度，就像看到動物園的珍禽異獸而開心不已的小孩。

不久被帶到某一棟房子的兩人，在那兒也是被老人們團團包圍，被他們拚命盯著看。女子一直都酷酷的，但男子則顯得相當不安。

「啊，謝謝。」

面對不斷對自己投以熱情視線的老婆婆們，他只能難為情地對她們笑咪咪。

「等一下要吃晚飯了，你們兩個盡量吃，別客氣喔！」

兩人幾乎算是在領袖老人的命令下來到餐桌，然後宴會開始了。大約十五人圍著餐桌，開心地吃起送上來的料理。

料理幾乎都是肉類，蔬菜則是少得可憐。他們把雖然無法確認，但應該是牛的帶血大肉排，奮力用刀子切下來，再大口大口塞進胃裡的模樣，簡直跟年輕人沒什麼兩樣。

兩名旅行者陪他們吃了一陣子之後——

「我可以問你們幾個問題嗎？」

女旅行者開口這麼說。

原本狼吞虎嚥吃東西的領袖老人，停下手並且用沾滿油脂的嘴巴回答：

「可以呀！憑我跟妳的交情，想問什麼儘管問，不用客氣。」

雖然不知道他們兩個有什麼交情，但女子果真照他說的，毫不客氣地提問。

「這個國家裡，只有像各位這樣沒什麼未來的老傢伙嗎？」

男旅行者在她旁邊露出看起來很複雜的表情。然而在場的每一位老人，對她說的話根本就毫不在意。

「對啊！我們所有人，豈止是一隻腳踏進棺材裡，根本已經是雙腳都踏進去了呢。昨天也有一個才剛起床，就突然蒙主寵召了呢！」

「還有，我怎麼想都不覺得各位是在這裡土生土長的。你們大家是從哪個國家逃過來的嗎？或是……」

「別猶豫，何不直接說出來呢？妳應該知道吧？」

「或是，被你們的國家拋棄。」

聽了女旅行者的話，在她隔壁的男子喃喃地讚嘆：

「喔～原來如此。」

「一點也沒錯！這個國家是『棄姥』、『棄爺』所衍生出來的。」

啪一聲拍打膝蓋的老人開心說道，並開始述說這國家的歷史。

在越過好幾座山頭的某個國家，有個「拋棄」六十五歲以上的老人，也就是把他們放逐到國外的硬性規定。

理由當然是，為了保住國家。

一旦讓腳力與腰力虛弱又無法工作的老人分享食物，就會餓到下個世代的年輕人。而且在嚴酷的大自然之中，這也是為了生存下來的智慧。

當老人們迎接六十五歲的生日，他的兒子或女兒，如果都沒有的話就是由別人將他送到山上，然後棄置在那裡。

其實說起來，這國家的人民平均壽命很短，沒什麼人能存活到那個年紀也是事實。

然後，幾百年前的某一天，有一位老婆婆存活下來了。

她發揮自己的智慧，在食物貧乏的山裡活了下來。接著，把同樣被帶到這裡的老人一個個聚集在一塊，開始過著壯烈的求生生活。

他們在距離拋棄地點相當遠的山裡，找到一處有水且沒什麼坡地的場所，然後用枝葉造屋，飼養捕捉到的動物，種植可食用的食物——

老人們拚命地活下來。

那不是要報復拋棄自己的國家，單純只是「想再多活久一點」的欲望。

由於原本就是老人，在如此惡劣的環境下，儘管不斷有人因饑餓或疾病死去，但他們還是拚命地活著。

然後，定期會有一批新的老人進來。

他們說服那些原本放棄活下去的老人成為夥伴，於是堅毅老人們的國家，便慢慢發展至今。

不久，發現到那裡有個國家的商人們，開始過來做以物易物的生意。於是他們得到生活的必需品，也一口氣提升生活水準。

接著他們開始砍樹建造房屋、飼養家畜、擴展農田，然後終於得以發展到現在這個地步。

「天哪……我被你們嚇到了……而且，你們真令人敬佩呢……」

男旅行者一副非常佩服的樣子，對激動述說這段歷史的老人投以尊敬的眼神。

「了不起吧？如果想當我的部下，可以讓你留在這個國家沒關係喔？」
「啊，不用，你的好意我心領了。」
男旅行者立刻回答。然後——
「直到現在，那個國家仍維持那條把老人趕出來的法律嗎？我覺得搞不好狀況跟以前不一樣，不再有糧食不足的現象呢？」
他如此詢問。
「仍然持續唷。」
領袖老人輕鬆答道。
「現在，已經不是糧食的問題了。」
「這句話的意思是？」
「在那個國家，居民們的腦子裡並沒有『老人』這個存在呢。其實，我年輕時也是。我曾經認為自己如果活到六十五歲，之後被趕出國家，就只有死路一條。這點在那個國家不僅是常識，也是傳統。儘管那條法律非常誇張，但置身其中的我們並沒有感覺——對不曾被囚禁在城牆內的旅行者來說，這算是關公面前耍大刀吧。」
「原來如此，原來如此……」

「不過，現在被拋棄的老人們，全改在這裡生活，所以也都無所謂了。」

「哎呀～謝謝你告訴我們這麼有趣的歷史呢。」

這時候領袖老人對低頭感謝的男旅行者，以及他隔壁的女子這麼說：

「哎呀～其實這還有後續呢。而且最近，還發生令人傷腦筋的事呢。」

「那麼，我們就接受你的委託吧。就當做是你讓我們入境，還舉辦這宴會的謝禮。」

聽到女子說的話，在她隔壁的男子首先驚叫：

「啥？師父，妳說什麼？咦？這是在演哪一齣啊？」

「真有妳的，小姐！」

領袖老人一副「被妳擺了一道」地拍一下膝蓋，然後——

「看來我果然沒看錯人呢。」

現場非常慌張的只有男旅行者。

「這對話也太跳躍了吧，我完全聽得糊里糊塗的……咦？難不成，我剛剛睡著了？」

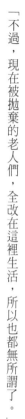

女旅行者開始向腦筋轉得有些慢的旅行搭檔解釋。
「會讓這國家的人們感到傷腦筋的，可能性其實不會太多。其一可能是物質不足，但商人會定期過來的話，就沒必要告訴我們了啊。」
「的確沒錯。」
「所以，這是商人辦不到的事。那是無法委託做正經買賣的人執行的事情。」
「啊——是是是。」
「根據剛才說的歷史，如果是跟至今仍持續的棄老有關，但又不能合法委託人執行的事情——」
「啊！我知道了！」
這次換男子拍膝蓋了。
然後對著期待他說話的領袖老人，說出自己的推理。
「是不是『有沒被拋棄的人』？無法拋棄父母的孝子，明知道那麼做是非法的，卻隱匿事實假裝已經把父母拋棄了！然後你們希望我們在那位孝子不被逮捕的情況下，將那名新的老人帶來這裡！也就是——綁架！」

隔天——

女旅行者與男子前往那個國家。

他們越過好幾座山頭，行駛在連開車都相當不好走的路線。

當他們好不容易抵達圍著雄偉城牆的國家，便佯裝什麼都不知道地入境，接著迅速前往被告知的地址。

然後，兩人找到那個家了。

「十五歲的故事」

——FifTeen——

我的名字叫陸，是一隻狗。

我有著又白又蓬鬆的長毛。雖然我總是愉快地露出笑咪咪的表情，但那並不表示我總是那麼開心。我天生就長這樣。

西茲少爺是我的主人。他是一名經常穿著綠色毛衣的青年，在很複雜的情況下失去故鄉，開著越野車四處旅行。

同行人是蒂。她是個沉默寡言又喜歡手榴彈的女孩，在很複雜的情況下失去故鄉，後來成為我們的伙伴。

我們的旅行仍然持續著。

不斷持續，不斷持續。

然後——

「陸！幫我拿一下包包！我猜應該是掉在沙發與衣帽架之間！現在就幫我拿！拜託！在我喝完茶以前拿過來喔！」

我被如此命令，因為反駁也沒用就只好乖乖聽從。

我一步一步走在木板地板的客廳，照她說的把臉伸進沙發與衣帽架之間，然後咬住放在那兒的斜背包上面的吊飾邊緣，慢慢把包包拖出來。裡面是書嗎？好重喔。

然後我走了五公尺抵達廚房，把包包拖到一口氣咕嚕咕嚕將參進牛奶的溫茶喝光的持有者腳下——

「噗哈！——謝謝！」

那名人類用沒拿空馬克杯的左手，粗魯地撫摸我的頭。然後，再用那隻手拿起包包上的吊飾，她皺著眉說：

「唔嗯，怎麼都是口水！」

「如果要忠實執行那個命令，鐵定會有這樣的結果。這是沒辦法的事。」

「這時候你應該機靈一點，用手拿過來給我啊！」

「不可能。」

「對了，我從以前就在想這個問題。陸什麼時候會變成人類？明天嗎？」

「我不會變成人類。」

「那麼，後天呢？」

「妳有沒有在聽我說話啊？話說回來，妳快遲到囉，不是有人在外面等妳？」

「啊，糟糕。」

那名人類把馬克杯放進流理台的水裡。

「我出門了！」

她精力充沛地轉身出門。

她白色的長髮輕輕飄動，宛如禮服的裙襬一般。

綠色的眼睛，因為窗外照進來的光芒而映出一條橫線。

穿著牛仔褲與綠色長袖襯衫的她，衝進秋高氣爽的太陽底下。

她的名字是蒂法娜，通稱蒂。

已經滿十五歲了。

西茲少爺跟我，還有蒂在這個國家定居，正好是二年前的事。

坐著越野車好不容易抵達的這個國家，是優缺點都很極端的國家。

首先，它的國土面積大到令人訝異。我們頭一次看到這麼大的國家。之前收到照片的那個國家也很大，但是這個國家在它之上。由於土地多到難以形容，為了增加人口，只要有人想移民就全部接受。

然後，它貧富差距的狀況很嚴重。富人有錢到難以想像，但是今天三餐沒著落的窮人也一樣多。部分地區的治安也很糟糕。

可是，那些富人並不是因為繼承財產或特權才有錢，而是「靠自己打拚抓住夢想」，所以沒人有任何牢騷。在這個國家，至今仍在困境掙扎的窮人，只要憑自己的努力跟創意還有運氣，就有機會成為富人。因此，這國家充滿年輕的活力，是令人感到有希望的國家。

西茲少爺決定在這個國家住下來，開始為生活而努力。

於是他去找工作，也馬上就找到了。

對西茲少爺來說或許是無可奈何——但實在沒什麼人的「那個」像西茲少爺這麼厲害，所以也是沒辦法的事。他的工作，是指導軍隊或警察、保鑣這類戰鬥專家，以及想學習如何自衛的一

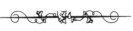

般富人們戰鬥方法的教練。

對於蒂，當然是希望她像一般學生那樣上學——西茲少爺原本是那麼想的，但礙於他的工作必須在這個大國四處跑，除非是念完全住宿制的學校，否則根本別想正常上學。

照理說蒂不可能答應念那種學校，結果他們還是住在一塊，過著跟旅行期間沒什麼差異的生活。

就結果來說，那麼做對蒂非常好。人生真的不曉得會有什麼變化。

西茲少爺那些學生中，總有一兩個怪癖的男生，其中也有女生。他們非常疼愛總是孤伶伶地待在教官旁邊的蒂。西茲少爺在忙的時候，他們會教蒂許多事情。那些都是大可以收費教學的專門知識，而且是毫不吝惜地教她。

結果，蒂那有如海綿般的頭腦，不斷吸收各種知識——

「我開始覺得，人生很有趣！所以我，接下來要努力活下去！」

定居大約經過半年的某一天，她突然笑容燦爛地那麼說。

蒂滿臉的笑容固然令人訝異，但她流暢的言詞更令人吃驚，就連西茲少爺都嚇得目瞪口呆。

沒錯，蒂她變了。從過去那位沉默寡言又冷漠，而且給人詭異感覺的少女，轉變成符合年齡的開朗個性，而且備俱威脅的天才少女……

之後蒂的行動，不，是「活躍程度」只有嚇人可言。

若列出這二年所發生的事——

首先，她說「因為想稍微體驗一般年輕人的生活」，所以花費大約半年的時間念高中。她向西茲少爺工作的當地高中提出申請，然後在那裡受教育。開朗又美麗的白髮美少女蒂，無論在哪所學校都成為矚目的焦點。每天都有男學生向她告白。

可能是覺得體驗夠了吧，接下來她花三個月的時間用功讀書。為了念大學，蒂靠自我學習把必要的科目都念完，在取得入學資格的考試拿下滿分的成績。

那麼蒂上大學了嗎？結果並沒有，接下來的半年，她開始在家裡研讀大學水準的學科。她購買大量參考書，一股勁地拚命念書。

蒂偶爾還會透過電話，跟知名大學的教授討論學問。有時候還會聽到她說「對不起，我沒辦法去」，是婉拒對方找她到個人研究室的邀請。

然後半年前，在蒂快要滿十五歲之際，她以偶像歌手的身分正式出道了。

個子徹底抽高的蒂，被模特兒經紀公司相中。剛開始只是當平面模特兒，但公司很快發現她歌喉不錯，於是她就成了歌手。

白髮美少女偶像歌手蒂法娜，結果變成這國家的頂尖偶像。

她每天上電視展露美聲。因為她將以女演員身分主演第一部電影，今天要出門參加該部電影的製作發表會。接著就聽到在玄關外面，等她的經紀人的車子離去的聲音。

「啊啊……蒂她……已經出門了啊……？」

當我在進行短暫回想時，聽到走廊有聲音傳來。是剛睡醒的聲音，而且是有氣無力的聲音。

然後，西茲少爺走進客廳。他穿著皺巴巴的睡衣，頂著蓬亂的頭髮，鬍子也放任生長沒刮，表情看起來毫無生氣。

西茲少爺已經沒在工作了。

由於蒂賺的錢遠遠超過西茲少爺，所以他就沒必要工作了。他以後將一直過著「監護人生活」，這名詞雖然好聽，但他根本沒做任何像監護人該做的事，只是過著吊兒郎當的生活。如今的西茲少爺只是個小白臉，是尼特族，是飯桶，是廢人，是吃閒飯的，是笨蛋。

其實今天早上，蒂也是自己就一大早起來，迅速做好兩人份的早餐，然後才出門的。至於她自己沒做的事情，就只有讓我幫她拿包包這件事而已。

「蒂，她今天，幾點上電視啊……？陸。」

西茲少爺一面那麼問，一面在餐桌前坐下，開始吃起蒂準備好的早餐。

他那副模樣簡直就像個老人，西茲少爺已經老態畢現。

他已經不需要保護蒂，也不用賺錢了。每天吃飽睡好，到晚上稍微陪蒂聊一下天。

說到他白天都在做些什麼，就是一直在用蒂賺的錢所蓋的這個家發呆，不然就是到鎮上用蒂賺的錢賭撲克牌，雖然有時候會贏錢，但大多都輸到精光，簡直是把錢往水溝裡丟。

「啊啊，好好吃喔……嗯嗯，好吃。」

想不到，這位簡直像油盡燈枯般老頭的人就是西茲少爺，如果是兩年前的我，應該無法相信自己的眼睛吧。

但是，現實就是如此。雖然很殘酷，但也不得不承認。

我一直這麼想。

差不多該把主人，從西茲少爺換成蒂。

以後喊蒂為「蒂小姐」，西茲少爺就直接喊他「西茲」好了。

當我認真如此思考時，木板天花板忽然間劈哩啪啦地破裂，然後伸出一隻巨大的白手，彷彿要包著我鼻尖似的用力一打。

那兒，是森林裡。

我被包覆在蒼鬱茂密的樹林下方與草皮上方。世界被黎明剛降臨的光亮，與早晨濃濃的霧氣團團包住。

我跳了起來，然後——

「……」

嬌小的少女就站在我面前，不發一語地低頭看著我。是蒂，是那位沉默寡言、沒有表情而且短髮的蒂。

「你剛剛作惡夢了。」

蒂只說了這麼一句話，然後轉過她嬌小的身軀，往並排的兩個帳篷的其中一個走去，她走向較小的那個。那是蒂的帳篷，在旁邊較大的是西茲少爺的。前方可以看到越野車的影子。

我也發現到自己剛剛是在作夢。

什麼定居，什麼蒂的顯著成長與華麗的活躍，還有西茲少爺無可救藥的墮落，全都是一場夢。然後，真正的蒂在我作惡夢時把我打醒。

「好難得喔，蒂居然會叫醒陸。早安，陸。」

邊那麼說邊走過來的西茲少爺，是跟往常一樣威風凜凜的西茲少爺。

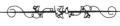

「早安，西茲少爺。然後，真是非常抱歉。」

我向我打算直呼他名字這件事道歉。

「什麼？」

西茲少爺一臉不可思議地歪著頭。

蒂又回去睡回籠覺，趁我還沒有忘記前，我對升火開始泡茶的西茲少爺，說了我的夢境。不過，西茲少爺的事情我沒說。

結果西茲少爺，在晨霧裡邊喝冒著熱氣的茶邊說：

「好有趣喔，過去我也曾作過類似的夢呢。」

那是怎樣的夢呢？

「我們在好不容易到達的國家定居下來，蒂她乖乖上學、成長，最後還成為建設公司的老闆。她確立能夠建造窮人們也買得起的便宜房屋的技術，一口氣提升那個國家的生活水準。她用賺來的錢經營慈善事業，拯救許多人，最後甚至還被稱為『國母』。」

蒂她有活躍表現這個部分，的確是很像呢。活躍的程度比我夢境裡的大上許多，也正常多了。這個部分，應該是我跟西茲少爺的差異吧。

「不曉得蒂，接下來會變成什麼樣呢？」

我如此問道。當然我也不知道，即使有什麼轉變，但西茲少爺在她身邊的話，我一定也在。

「說得也是……唯一可以確定的，就是我們完全不知道。」

西茲少爺如此回答，而且開心地微笑。然後——

「蒂她有無限的可能性。接下來，她能夠成為任何人。我跟陸就是知道這點，才會作夢呢。夢到蒂有非常活躍的表現，還發光發亮。」

原來如此。

「不過話說回來……蒂在十五歲的時候，成為既開朗又閃亮的偶像歌手兼女演員啊！那真的很有趣呢！我也好想作那種夢呢！」

「我可能受在前一個國家，蒂一直看娛樂新聞節目的影響，真的是有夠丟臉。」

「你等一下可以告訴蒂。不曉得她會有什麼樣的表情呢？搞不好她會說，希望十五歲的時候變成那樣喔？」

那太可怕了，而且我會很頭痛。

「話說回來，陸。」

「是的，有什麼事嗎？西茲少爺。」

「我在那個夢裡是什麼樣子啊？」

「呃……很遺憾，我已經忘記了。」

然後我刻意轉移話題。

「那麼西茲少爺的夢裡，我是什麼樣子啊？」

「呃……這個嘛，我想不起來了呢……」

西茲少爺把眼神別到一邊。

看來就不要再追問了。

完

大家好，我是黑星紅白。
這次因為時雨沢先生的後記，
讓我畫了「蒂15歲！」。
《奇諾の旅》終於邁入15週年，
接下來還請大家繼續支持。

©BOKUTO UNO 2014

Kadokawa Light Novels

發條精靈戰記 天鏡的極北之星 1~6 待續

Kadokawa Fantastic Novels

作者：宇野朴人　插畫：竜徹

日本公布本作將動畫化！
帝國軍事政變將使騎士團彼此兵戎相見？

伊格塞姆派及雷米翁派在卡托瓦納帝國內爆發軍事政變。伊格塞姆家的雅特麗脫離騎士團回到父親身邊，雷米翁家的托爾威決心對抗父親。而伊庫塔率領父親巴達．桑克雷留下的獨立部隊「旭日團」挺身而出，意圖平息內戰。他們的未來將會……？

各 **NT$200~240/HK$60~75**

台灣角川

Kadokawa Light Novels

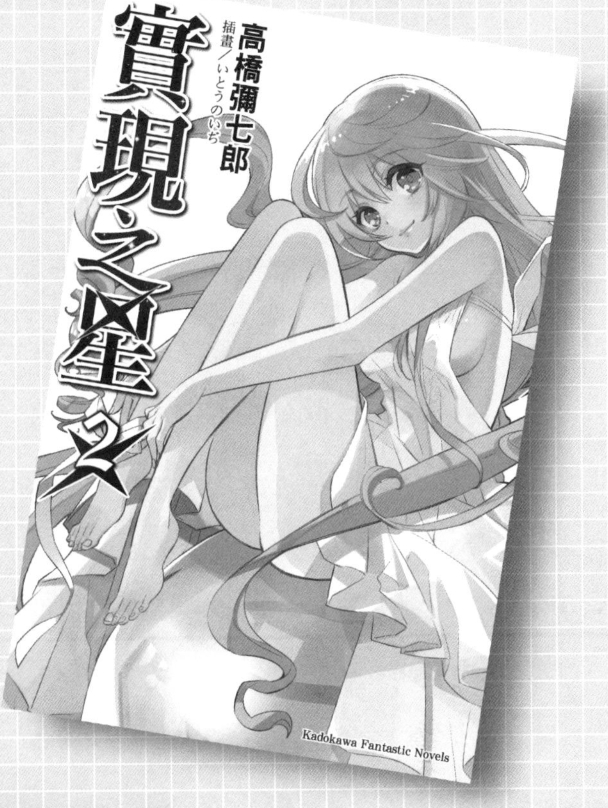

實現之星 1~2 待續

Kadokawa Fantastic Novels

作者：高橋彌七郎　插畫：いとうのいぢ

樺苗竟與同班同學的魔術師少女有婚約關係？
愛慕樺苗的青梅竹馬摩芙展開戀愛攻防戰！

八十辻夕子，不僅是樺苗的同班同學，更是現代的魔術師。樺苗只是不小心看見她光溜溜的模樣，就被逼著負責娶她為妻；而摩芙還在這哭笑不得的窘況中，在夕子父親身上發現了「半閉之眼」……戀愛與戰鬥都一把抓的第二集！

台灣角川

各 **NT$180/HK$55**

Kadokawa Light Novels

©KEIICHI SIGSAWA 2014

身為男高中生兼當紅輕小說作家的我，
正被年紀比我小且從事聲優工作的女同學掐住脖子 1~3 待續

Kadokawa Fantastic Novels

作者：時雨沢惠一　插畫：黑星紅白

時雨沢惠一×黑星紅白的校園推理高潮迭起
男高中生作家竟宣稱聲優女同學是女友？

男高中生作家為了聲優女同學改寫了小說《VICE VERSA》的劇情，他在班上朗讀並謊稱是網路小說，卻被同班的書迷少女追問來源！高中生作家與新手聲優之間的祕密關係會被發現嗎？故事走向突然轉變為愛情喜劇（？）的時雨沢惠一新系列作第三彈！

台灣角川

各 **NT$220~240/HK$68~75**

Kadokawa Light Novels

絶對雙刃 1~9 待續

Kadokawa Fantastic Novels

作者：柊★たくみ　插畫：淺葉ゆう

音羽死而復生的真相究竟為何？
橘巴在敵營「666」中竟遇見關係深厚之人

一度失去的妹妹音羽重回透流身邊。等待音羽的是什麼樣的未來，透流等人並不知情，只是開心地迎接平靜溫暖的日子。然而新的戰鬥再次逼近，透流一行人必須以鬥士身分參加「666」主辦的血腥狂亂盛宴——「修羅會」，卻遇見與巴有深厚關係的人？

台灣角川

各 **NT$180~220/HK$50~68**

國家圖書館出版品預行編目資料

奇諾の旅：the beautiful world / 時雨沢惠一
作；莊湘萍譯. -- 初版. -- 臺北市：臺灣角川,
2016.06-
冊；　公分
譯自：キノの旅：the Beautiful World
ISBN 978-986-473-159-6(第19冊：平裝)

861.57　　　　105006931

Kadokawa
Fantastic
Novels

奇諾の旅 XIX
－the Beautiful World－

（原著名：キノの旅XIX－the Beautiful World－）

2016年6月15日　初版第1刷發行
2023年9月22日　初版第4刷發行

作　者：時雨沢惠一
插　畫：黑星紅白
日版設計：鎌部善彥
譯　者：莊湘萍

發行人：岩崎剛人
總編輯：蔡佩芬
編　輯：黎夢萍
美術設計：宋芳茹
印　務：李明修（主任）、張加恩（主任）、張凱棋

發行所：台灣角川股份有限公司
地　址：104台北市中山區松江路223號3樓
電　話：（02）2515-3000
傳　真：（02）2515-0033
網　址：www.kadokawa.com.tw
劃撥帳戶：台灣角川股份有限公司
劃撥帳號：19487412
法律顧問：有澤法律事務所
製　版：巨茂科技印刷有限公司
ISBN：978-986-473-159-6
